CLASSIQUES & CIE
PHILO

Épictè

Manı

Texte intég…

Collection dirigée par
Laurence Hansen-Løve

Traduction originale et analyse
R. Létoquart, revue et complétée par Claude Chrétien

Analyse
Claude Chrétien
agrégé de philosophie
professeur au lycée Victor-Hugo (Poitiers)

PAPIER À BASE DE FIBRES CERTIFIÉES

Hatier s'engage pour l'environnement en réduisant l'empreinte carbone de ses livres. Celle de cet exemplaire est de :
400 g éq. CO_2
Rendez-vous sur www.hatier-durable.fr

Hatier

MANUEL

Agrégé de philosophie, **Claude Chrétien** enseigne au lycée Victor-Hugo de Poitiers. Il a notamment publié des traductions et commentaires du *Charmide* (Hatier, 1987) et de l'*Apologie de Socrate* (« Classiques et Cie Philosophie », Hatier, 2007) de Platon, *La Science à l'œuvre, mythes et limites* (Hatier, 1991 ; Papirus editora, 1994). Il a également collaboré au cédérom *Descartes, construire la connaissance* (COSEI et Espace Mendès-France, 1996 ; FFHS, Princeton, 1997).

Conception graphique de la maquette :
c-album, Jean-Baptiste Taine, Rachel Pfleger
Principe de couverture : Double
Mise en page : Soft Office
Chronologie : Domino
Suivi éditorial : Catherine Zerdoun

ISBN : 978-2-218-95905-9

L'ARCHITECTURE DE L'ŒUVRE

L'AUTEUR ET LE CONTEXTE

THÈMES ET PROBLÉMATIQUES

OUTILS COMPLÉMENTAIRES

MANUEL[1]

1. Le *Manuel* d'Épictète n'est pas un ouvrage composé ; il s'agit de morceaux choisis tirés des *Entretiens*, lesquels ne sont eux-mêmes que des notes de cours prises par Flavius Arrien (*cf.* L'auteur et le contexte, p. 54). C'est dire le caractère doublement décousu de ce texte, qui vise pourtant à rendre compte d'une doctrine hautement organisée, et même systématique. Pour restituer les articulations qui manquent ici et permettre au lecteur de replacer les maximes et apologues du *Manuel* dans l'économie générale du stoïcisme, nous avons pris la liberté de les regrouper chaque fois que possible et de les faire précéder d'un intertitre qui renvoie à l'exposé doctrinal de notre commentaire. Ces intertitres ne figurent donc pas dans la présentation des propos d'Épictète par Flavius Arrien.

[Ce qui dépend de nous et ce qui ne dépend pas de nous[1]]

[I] [1] Il y a des choses qui dépendent de nous et d'autres qui ne dépendent pas de nous. Ce qui dépend de nous, ce sont les pensées, la tendance, le désir, le refus, bref tout ce sur quoi nous pouvons avoir une action. Ce qui ne dépend pas de nous, c'est la santé, la richesse, l'opinion des autres, les honneurs, bref tout ce qui ne vient pas de notre action.

[2] Ce qui dépend de nous est, par sa nature même, soumis à notre libre volonté ; nul ne peut nous empêcher de le faire ni nous entraver dans notre action. Ce qui ne dépend pas de nous est sans force propre, esclave d'autrui ; une volonté étrangère peut nous en priver.

[3] Souviens-toi donc de ceci : si tu crois soumis à ta volonté ce qui est, par nature, esclave d'autrui, si tu crois que dépende de toi ce qui dépend d'un autre, tu te sentiras entravé, tu gémiras, tu auras l'âme inquiète, tu t'en prendras aux dieux et aux hommes. Mais si tu penses que seul dépend de toi ce qui dépend de toi, que dépend d'autrui ce qui réellement dépend d'autrui, tu ne te sentiras jamais contraint à agir, jamais entravé dans ton action, tu ne t'en prendras à personne, tu n'accuseras personne, tu ne feras aucun acte qui ne soit

1. *Cf.* Thèmes et problématiques, pp. 83-87.

volontaire ; nul ne pourra te léser, nul ne sera ton ennemi, car aucun malheur ne pourra t'atteindre.

[4] Si donc c'est un tel bien que tu recherches, souviens-toi qu'on ne l'atteint pas par des compromis, mais qu'il faut renoncer, soit définitivement, soit au moins provisoirement, à tout ce qui ne dépend pas de nous. Mais si, en même temps que ce bien, tu veux le pouvoir, la fortune, il se peut d'abord que tu n'obtiennes pas les derniers pour avoir cherché en même temps le premier, et d'autre part il est certain que tu n'obtiendras pas le premier, seule source pourtant de liberté et de bonheur.

[5] En conséquence, dès qu'une chose te semble douloureuse, songe à objecter aussitôt : « C'est une idée que je me fais, ce n'est pas du tout en réalité ce que cela paraît être[1]. » Ensuite étudie cette chose, juge-la à la lumière des principes que tu t'es donnés, et de celui-ci surtout qui est le premier : est-ce que cela fait partie des choses qui dépendent de nous ou non ? Et si cela fait partie des choses qui ne dépendent pas de nous, qu'il te soit facile de dire : « Cela ne me touche pas. »

[POUR ÊTRE LIBRE, REFUSER LE MAL ET RENONCER PROVISOIREMENT AUX DÉSIRS]

[II] [1] Souviens-toi de ceci : quand on désire, on veut obtenir l'objet de son désir et quand on refuse, on veut ne pas avoir ce que l'on refuse ; qui manque l'objet de son désir n'est pas heureux et qui obtient ce qu'il refuse est malheureux. Si donc tu refuses seulement ce qui mutile la nature humaine et dépend de toi, tu ne risqueras pas d'avoir ce que tu refuses ; mais si tu refuses la maladie, la mort, la pauvreté, tu seras malheureux.

1. Il s'agit de faire bon usage de ses représentations (*cf.* Thèmes et problématiques, pp. 87-90 et Glossaire, p. 117).

[2] Cesse donc de refuser tout ce qui ne dépend pas de nous, refuse au contraire, parmi les choses qui dépendent de nous, ce qui blesse la nature humaine. Quant aux désirs, pour le moment[1], renonces-y totalement : car si tu désires l'une des choses qui ne dépendent pas de nous, tu ne seras pas heureux, c'est inévitable ; et si tu désires l'un de ces biens qui dépendent de nous et qu'il serait légitime de désirer, aucun n'est encore à ta portée. En tout cas, dans le désir comme dans le refus, sois réservé, retenu, raisonnable.

[Savoir user des représentations]

[III] À propos de chacun des êtres qui te plaisent, qui te sont utiles ou que tu aimes, souviens-toi de te dire quelle est sa vraie nature, et commence par les objets les plus humbles. Si tu aimes une poterie, dis-toi : « C'est une poterie que j'aime » ; ainsi, quand elle sera brisée, tu ne te tracasseras pas. Si tu embrasses ton fils ou ta femme, dis-toi : « C'est un être humain que j'embrasse » ; ainsi, quand cet être sera mort, tu n'auras pas l'âme troublée.

[Se conformer à la nature, c'est accepter le cours des choses et bien user des représentations]

[IV] Quand tu veux faire une action, remets-toi en mémoire la nature exacte de cette action. Si tu vas te baigner, représente-toi ce qui se passe dans les bains : l'un éclabousse ses voisins, l'autre les enfonce sous l'eau, celui-ci crie des injures, celui-là commet des larcins ; tu te mettras en route plus tran-

1. Ce n'est là qu'une étape dans la vie morale. Au dernier stade, le sage pourra suivre sa volonté qui, sublimée, sera en harmonie avec la volonté de la nature et l'ordre du monde.

quille si tu te dis en partant : « Ce que je veux, c'est me baigner, mais aussi conformer ma conduite à la nature des choses[1]. » (Voilà ce qu'il faut se dire avant chaque action.) Car alors, si pendant ton bain il t'arrive quelque ennui, tu seras prêt à te dire : « Ce que je voulais, ce n'était pas seulement me baigner, mais aussi conformer ma conduite à la nature des choses et je ne m'y conformerai pas si je m'irrite de ce qui m'arrive. »

[Il n'y a d'autre mal que le mauvais usage des représentations]

[V] Ce qui trouble les hommes, ce ne sont pas les événements, mais l'idée qu'ils se font des événements. Ainsi la mort n'est pas une chose effrayante, sinon Socrate[2] lui-même l'aurait jugée telle ; mais l'idée que la mort est une chose effrayante, voilà ce qui est effrayant. Lorsque donc nous éprouvons une gêne, un trouble, une tristesse, n'en cherchons jamais la cause ailleurs qu'en nous-mêmes, je veux dire dans les idées que nous nous faisons de ces choses. Celui qui n'est pas philosophe accuse les autres des maux qu'il endure ; celui qui commence à être philosophe s'accuse lui-même ; le philosophe n'accuse ni un autre, ni lui-même[3].

[Le propre de la nature humaine, c'est l'usage des représentations]

[VI] Ne te vante jamais d'une qualité qui appartient à un autre. Si un cheval se vantait en disant : « Je suis beau », ce

1. C'est-à-dire accepter l'ordre des choses et leur interdépendance dans la logique du monde (*cf.* Thèmes et problématiques, pp. 75-79). \ **2.** Épictète, qui voue une grande admiration à Socrate, fait ici allusion à la sérénité de celui-ci face à la mort, aussi bien lors de son procès (*cf. Apologie de Socrate* de Platon) qu'en prison au moment de boire le poison (*cf. Phédon* de Platon). \ **3.** Car il n'y a plus aucun mal à ses yeux. Tout est justifié dans l'ordre de la nature.

serait admissible ; mais quand toi, tu te vantes en disant : « J'ai un beau cheval », sache que tu te vantes d'une qualité qui appartient au cheval. Qu'est-ce qui t'appartient en propre ? L'usage de tes représentations[1]. Lorsque donc tu te conformeras à la nature par l'usage de tes représentations, tu pourras te vanter, car alors c'est d'une qualité qui t'appartient en propre que tu te vanteras.

[Dans l'action, soin et détachement à l'égard des biens extérieurs]

[VII] Au cours d'une navigation, quand le navire fait relâche, si l'on t'envoie chercher de l'eau, tu peux bien en chemin ramasser un coquillage, arracher un oignon ; mais tu dois garder ta pensée tendue vers le navire et te retourner constamment pour voir si le pilote ne t'appelle pas[2], et s'il t'appelle, il faut tout abandonner pour ne pas être chargé de chaînes et jeté avec le bétail.

De même, dans la vie, s'il t'est donné, au lieu de coquillage ou d'oignon, une gentille femme, un petit enfant, tant mieux ! mais si le pilote t'appelle, cours au navire, abandonne tout sans te retourner. Et si tu es vieux, ne t'éloigne jamais trop du navire de crainte de manquer à l'appel.

[Adhésion de la volonté au destin]

[VIII] Il ne faut pas demander que les événements arrivent comme tu le veux, mais il faut les vouloir comme ils arrivent ; ainsi ta vie sera heureuse.

1. *Cf.* Thèmes et problématiques, pp. 87-90 et Glossaire, p. 117. \ 2. Cette métaphore désigne l'appel de la mort, mais plus généralement elle renvoie à l'acceptation du destin.

[La volonté et les forces qu'elle peut mobiliser en l'homme garantissent à celui-ci une liberté absolue]

[IX] La maladie est une gêne pour le corps, mais non pas pour la volonté[1], si la volonté elle-même n'y consent pas. Boiter est une gêne pour la jambe, mais non pas pour la volonté. Dis-toi la même chose pour tout ce que le sort t'inflige, car tu découvriras que, si c'est une gêne pour une part de toi, ce n'en est pas une pour toi-même.

[X] Chaque fois qu'il t'arrive quelque épreuve, souviens-toi de rentrer en toi-même et de chercher quel pouvoir tu as en toi pour y faire face. Si tu vois un beau garçon ou une belle fille, tu trouveras en toi, comme force contre leur séduction, la continence. Si un travail épuisant t'accable, tu trouveras en toi l'endurance ; si l'on t'insulte, tu trouveras en toi la patience. Et ainsi tu t'habitueras à ne pas te laisser surprendre par les idées que tu te fais des choses.

[Confiance au destin et indifférence aux biens extérieurs]

[XI] Ne dis jamais : « J'ai perdu un bien », mais : « Je l'ai rendu. » Ton fils est mort : tu l'as rendu. Ta femme est morte : tu l'as rendue. On t'a pris ton domaine : cela aussi, bien sûr, tu l'as rendu. — « Mais c'est une mauvaise action qu'a commise le voleur. » — Que t'importe le moyen employé pour te redemander ce bien par celui qui te l'avait confié[2] ? Tout le temps qu'il te le confie, uses-en comme d'un bien qui appartient à un autre, comme font des voyageurs à l'auberge.

1. *Prohairésis* : le mot désigne la volonté, le choix existentiel et par suite le moi lui-même et la personne morale tout entière ; *cf.* Glossaire, p. 116. \ **2.** Le destin, la providence divine qui règle le cours naturel du monde.

[Préserver son bonheur par l'indifférence aux choses extérieures et le bon usage des représentations]

{XII} {1} Veux-tu progresser en sagesse, renonce à des raisonnements comme ceux-ci : si je néglige mes biens, je n'aurai pas de quoi vivre ; si je ne châtie pas mon esclave, il sera insupportable. Car il vaut mieux mourir de faim, l'âme délivrée de soucis et de craintes, plutôt que de vivre dans l'abondance, le cœur troublé ; et il vaut mieux que ton esclave soit mauvais plutôt que toi malheureux.

{2} C'est donc par les petites choses qu'il faut commencer. Un peu d'huile se répand, on te vole un peu de vin, dis-toi que c'est à ce prix que s'achète l'impassibilité, à ce prix le calme de l'âme[1], car rien ne s'acquiert gratuitement[2]. Quand tu appelles ton esclave, pense qu'il peut ne pas obéir, que, s'il obéit, il peut ne rien faire de ce que tu veux, mais que, même alors, il ne vaut pas la peine que ta tranquillité d'âme dépende de lui.

[Se conformer à sa propre nature et non à l'opinion d'autrui]

{XIII} Veux-tu progresser en sagesse, résigne-toi à passer pour un fou, un insensé, par ta façon de juger des choses du dehors[14]. N'aie pas la prétention de paraître savant, et si tu passes auprès de certains pour être quelqu'un, défie-toi de toi-même. Car, sache-le, il n'est pas facile de conformer ta

1. Les mots grecs sont *apathie*, absence de douleur, et *ataraxie*, absence de trouble ; *cf.* Glossaire, p. 101. \ **2.** La morale stoïcienne est une morale de l'effort. Tout ce qui nous arrive, pour être vraiment assimilé ou assumé, doit être ressaisi au prix d'une tension intérieure (*cf.* Thèmes et problématiques, pp. 87-88). \ **3.** Il s'agit là, selon la distinction initiale, des « choses qui ne dépendent pas de nous » et qui, de ce fait, doivent donc nous être indifférentes.

volonté à la fois à ta vraie nature et aux choses du dehors ; si tu te soucies des unes, tu négligeras l'autre, c'est inévitable.

[S'ALIÉNER AUX CHOSES EXTÉRIEURES, C'EST AUSSI S'ALIÉNER AUX AUTRES]

[XIV] [1] Si tu prétends que tes enfants, ta femme, tes amis vivent toujours, tu es fou, car tu veux que ce qui ne dépend pas de toi dépende de toi, que t'appartienne ce qui ne t'appartient pas. De même, si tu prétends que ton esclave ne commet pas de fautes, tu es un insensé, car tu veux que le vice ne soit pas le vice, mais quelque chose d'autre. Mais si tu prétends que ce à quoi tu aspires ne t'échappe pas, cela tu le peux. Applique-toi donc à ce qui est en ton pouvoir.

[2] Le maître d'un homme, c'est celui qui a le pouvoir de lui accorder ce qu'il désire, de lui enlever ce qu'il refuse ; celui donc qui veut être un homme libre, qu'il ne désire rien, qu'il ne repousse rien de ce qui dépend d'un autre ; sinon il est esclave[1], c'est inévitable.

[L'HOMME SE DIVINISE EN ADHÉRANT À L'ORDRE DU MONDE]

[XV] [1] Souviens-toi qu'il faut te conduire comme dans un banquet. Un plat que l'on présente arrive devant toi : tends la main et sers-toi sobrement. Il passe, ne le retiens pas. Il n'est pas encore là, ne va pas de loin le désirer impatiemment, mais attends qu'il soit devant toi. Ainsi de tes enfants, de ta femme, du pouvoir, de la richesse ; tu seras un jour alors un digne convive des dieux.

1. Dès qu'on dépend des autres, même indirectement, on ne vaut guère mieux qu'un esclave. Épictète ne transige pas avec la liberté, qui ne peut être qu'absolue et qui suppose donc une totale maîtrise de soi (*cf.* Thèmes et problématiques, p. 63 *sqq.*).

[2] Mieux encore, si tu ne prends pas ce que l'on t'offre, si tu le regardes avec dédain, ce n'est pas seulement au banquet des dieux que tu participeras, mais à leur pouvoir ; ainsi faisaient en effet Diogène, Héraclite et leurs émules, et ils étaient vraiment divins et passaient pour tels à juste titre[1].

[IL FAUT GARDER EN TOUT LA DISTANCIATION DU COMÉDIEN QUI INTERPRÈTE UN RÔLE]

[XVI] Lorsque tu verras quelqu'un pleurer, souffrir, soit parce que son fils est au loin, soit parce qu'il a perdu ses biens, veille à ne pas te laisser dominer par l'idée fausse qu'il est dans un malheur réel à cause de ces événements extérieurs, mais sois prompt à te dire : ce qui accable cet homme, ce n'est pas ce qui lui est arrivé (un autre en effet n'en est pas troublé), mais l'idée qu'il s'en fait.

Cependant, en paroles, n'hésite pas à compatir à sa douleur, et même, s'il le faut, à gémir avec lui, mais veille bien à ne pas gémir réellement en ton cœur[2].

[XVII] Souviens-toi de ceci : tu joues, dans une pièce, le rôle que choisit le metteur en scène ; un rôle court ou long, selon qu'il l'a voulu court ou long ; veut-il que tu joues un mendiant ? tu dois jouer ce rôle parfaitement, et de même si c'est un rôle de boiteux, un rôle d'homme politique ou de simple particulier. Car ton travail à toi, c'est de bien jouer le rôle qui t'est confié, mais de choisir ce rôle, c'est le travail d'un autre.

---

1. Parvenu à la maîtrise de soi, le sage jouit non seulement de la félicité, mais du seul pouvoir qui compte. Diogène le Cynique (IVe s. av. J.-C.) était célèbre pour son mépris des biens matériels ; Heraclite d'Éphèse (VIe-Ve s. av. J.-C.) critiquait les habitudes de luxe et de plaisir de ses concitoyens et il alla finir sa vie dans les montagnes, ne se nourrissant plus que de plantes et d'herbes. L'un et l'autre sont invoqués par les stoïciens comme les ancêtres de leur école. \ **2.** Il s'agit toujours de préserver la paix de l'âme et la liberté intérieure, même au prix d'une certaine hypocrisie (*cf.* Thèmes et problématiques, pp. 93-94).

[NE RIEN CRAINDRE NI DÉSIRER DE CE QUI NE DÉPEND PAS DE NOUS...]

[XVIII] Quand un corbeau pousse un croassement de mauvais augure[1], ne te laisse pas emporter par une idée fausse, mais aussitôt fais en toi-même la distinction nécessaire et dis-toi : « Pour moi, il n'y a aucun mauvais présage là-dedans, mais cela concerne mon pauvre corps, mes misérables richesses, ma réputation négligeable, ou mes enfants ou ma femme. Pour moi, tout est de bon présage si je le veux, car, quoi qu'il arrive, il dépend de moi d'en tirer profit. »

[XIX] [1] Tu peux être invincible si tu ne te risques dans aucun combat où il ne dépende pas de toi d'être vainqueur.

[2] Quand tu verras un homme très considéré, soit parce qu'il exerce un grand pouvoir, soit pour toute autre raison, ne va pas croire qu'il est heureux en te laissant entraîner par une fausse idée. Car si l'essence du bien est dans ce qui dépend de nous, il n'y a place ni pour l'envie ni pour la jalousie. Pour toi, tu voudras non pas être stratège[2], prytane[3] ni consul[4], mais être un homme libre. Or il n'y a qu'une seule route qui conduise à cela, c'est le mépris de tout ce qui ne dépend pas de nous.

---

1. Épictète croit à la divination comme ses prédécesseurs stoïciens ; mais, à la différence de ceux-ci, il juge vaine cette curiosité de l'avenir dans la mesure où elle ne change rien a nos devoirs. \ **2.** L'un des dix magistrats élus qui, à Athènes, commandent l'armée et exercent aussi des pouvoirs civils. \ **3.** À Athènes, membre d'une commission de cinquante citoyens, chargée de diriger les affaires publiques ; chacune des dix commissions est en fonctions pendant un dixième de l'année. \ **4.** À Rome, les consuls étaient les deux magistrats suprêmes qui exerçaient le pouvoir sous la République.

[… car il n'y a de bien et de mal que dans l'usage des représentations]

[XX] Souviens-toi que l'outrage ne vient pas de l'homme qui insulte ou qui frappe, mais de l'idée qu'on se fait en se croyant outragé. Lorsque donc quelqu'un t'a mis en colère, sache que c'est ta propre opinion qui est cause de ta colère. C'est pourquoi tâche avant tout de ne pas te laisser entraîner par cette idée fausse, car si tu peux gagner du temps, tarder un peu, tu te domineras assez facilement[1].

[Pour devenir philosophe : purifier ses désirs par la méditation de la mort…]

[XXI] Que la mort, l'exil, tout ce qui paraît affreux soient chaque jour devant tes yeux, et, plus que tout, la mort ; alors jamais tu n'auras aucune pensée basse, aucun désir trop ardent.

[… et rester indifférent au qu'en-dira-t-on]

[XXII] Si tu veux être philosophe, prépare tout de suite ton âme aux risées, aux moqueries du vulgaire qui dira : « Voici qu'il nous est revenu[2] philosophe ! » ou encore : « D'où nous vient ce sourcil froncé ? » Toi, cependant, ne fronce pas

1. Rien de pire pour celui qui veut être libre que de céder aux passions. Or celles-ci naissent toujours des illusions et des erreurs de l'imagination. C'est donc à ce niveau qu'il faut appliquer le remède, à savoir le bon usage des représentations (*cf.* Thèmes et problématiques, pp. 87-90). \ **2.** Allusion à l'allégorie platonicienne de la caverne dans laquelle le philosophe, qui redescend du monde de la lumière dans le séjour souterrain, apparaît hagard et ridicule ? Ou bien allusion à la retraite, loin de sa patrie, qu'Épictète conseille au candidat philosophe, de même qu'un médecin recommande un changement d'air au malade ? (*Entretiens*, III, XVI, 11-12.)

le sourcil. Attache-toi à ce qui te paraît le meilleur, en pensant que la divinité t'a placé à ce poste et souviens-toi de ceci : si tu persistes dans cet attachement, les moqueurs du début deviendront tes admirateurs plus tard, mais si tu te laisses vaincre par eux, tu seras doublement en butte aux moqueries.

[XXIII] Si jamais il t'arrive de te détourner vers les choses du dehors pour plaire à quelqu'un, tu auras perdu, sache-le, la direction de ta vie. Qu'il te suffise en tout d'être philosophe ; si tu veux le paraître, que ce soit à tes propres yeux et ce sera suffisant.

[Que chacun cultive son moi… c'est le meilleur service à rendre aux autres !]

[XXIV] [1] Ne te laisse pas accabler par des pensées comme celle-ci : « Je vivrai méprisé ; nulle part je ne serai quelqu'un. » Car si c'est un malheur d'être méprisé, tu ne pourras pas être dans le malheur par le fait d'un autre, non plus que dans le déshonneur. Serait-ce ton affaire d'atteindre le pouvoir, d'être invité à un banquet ? Pas du tout. Comment donc serais-tu méprisé ? Comment pourrais-tu n'être rien nulle part, alors que c'est seulement dans ce qui dépend de toi que tu dois être quelqu'un ? Et là, il est en ton pouvoir d'être estimé au plus haut prix.

[2] Mais, diras-tu, tu ne pourras pas aider tes amis. Qu'appelles-tu « aider » ? Tu ne pourras pas leur donner de l'argent, les faire devenir citoyens romains ? Qui donc t'a dit que ces choses dépendent de nous ? Ne dépendent-elles pas d'autrui ? Or, qui peut donner à un autre ce qu'il ne possède pas lui-même ?

Alors on te dira : « Procure-toi ces biens pour que nous les ayons aussi. »

[3] Si je peux les obtenir en restant juste, loyal et digne, montrez-moi la route à suivre et je me les procurerai. Mais si vous voulez que je perde mes vrais biens pour vous donner des choses qui ne sont pas des biens, voyez comme vous êtes inconséquents et déraisonnables. Que préférez-vous donc ? De l'argent, ou un ami loyal et juste[1] ? Aidez-moi plutôt à garder ces vertus et ne demandez pas que j'agisse de manière à les perdre.

[4] Mais, diras-tu, je ne pourrai pas être utile à ma patrie. Je le répète, qu'appelles-tu « être utile » ? Tu ne construiras pas pour elle de portiques, de bains publics ? Qu'est-ce que cela ? Le forgeron, non plus, ne lui fournit pas des chaussures, ni le cordonnier des armes ; il suffit que chacun accomplisse sa propre tâche. Si tu lui procurais un autre citoyen loyal et juste, ne lui rendrais-tu pas service ? Mais si ! Tu ne serais donc pas pour ta patrie un serviteur inutile.

[5] « Quelle place alors tiendrai-je dans la cité ? » Celle que tu peux tenir en restant loyal et juste. Mais si, en voulant être utile à la cité, tu perds ces vertus, si tu deviens injuste et déloyal, de quelle utilité lui seras-tu ?

[L'INDÉPENDANCE DU SAGE A SON PRIX]

[XXV] [1] Un autre a été mieux placé que toi dans un banquet, on l'a salué avant toi, on l'a consulté avant toi dans une assemblée. Si ce sont là des biens, il faut te réjouir de ce qu'il les ait reçus ; si ce sont des maux, ne t'afflige pas de ne

1. On assiste, ou cours de ce dialogue à plusieurs voix (Épictète, son disciple, les amis de celui-ci), à une réflexion sur les devoirs envers autrui. Celle-ci, d'abord limitée aux relations personnelles (morale privée), s'étend finalement aux relations sociales (morale publique). Épictète semble en effet récuser l'idée d'une séparation entre l'homme et le citoyen, entre l'action morale et l'action politique. Dans une cité comparable à un organisme autorégulé (*cf.* Thèmes et problématiques, p. 72), l'ordre politique s'instaure spontanément ; seul un corps politique malade exigerait une intervention politique spécifique et extérieure.

pas les avoir reçus. Souviens-toi que tu ne peux être traité de la même manière, si tu ne cherches pas, comme les autres, à obtenir ces honneurs qui ne dépendent pas de nous.

[2] Comment en effet l'homme qui n'assiège pas la porte de quelque personnage peut-il obtenir autant que celui qui l'assiège assidûment ? l'homme qui ne lui fait pas escorte autant que celui qui l'escorte ? l'homme qui ne flatte pas autant que celui qui flatte ? Tu seras donc inconséquent et insatiable, si, sans payer ce qu'il faut pour acheter ces avantages, tu veux les obtenir pour rien.

[3] Voyons ! combien se vend la laitue ? Une obole[1], je suppose. Si quelqu'un paie une obole et emporte la laitue, et si toi, qui n'as pas payé, tu n'en emportes pas, ne crois pas avoir moins que l'autre ; lui, a sa laitue, toi, ton obole que tu n'as pas donnée.

[4] Il en est ainsi pour les honneurs. Tu n'as pas été invité à un festin ; c'est que tu n'as pas payé à celui qui invite le prix auquel il vend son repas ; ce prix, c'est la louange, la complaisance. Paie donc le prix qu'il demande, si cela t'est profitable ; mais si tu veux à la fois ne rien payer et recevoir, tu es insatiable et stupide.

[5] N'as-tu donc rien à la place du festin ? Mais si ! tu as de ne point avoir loué qui tu ne voulais pas louer, de ne pas avoir supporté les insolences de ses portiers.

[Sachons appliquer nos prénotions[2] à nous-mêmes]

[XXVI] La volonté de la nature se manifeste dans les événements sur lesquels nous portons tous le même jugement[3].

1. Monnaie athénienne valant un sixième de drachme, soit environ quinze centimes. \ **2.** *Cf.* Glossaire, p. 115. \ **3.** Nous avons tous des prénotions sur ce qui est raisonnable, c'est-à-dire conforme à la nature (*cf.* Thèmes et problématiques, p. 67, et Glossaire, p. 115).

Ainsi, lorsqu'un esclave, dans une maison étrangère, casse une coupe, on est porté à dire aussitôt : « Ce sont des choses qui arrivent. » Sache donc que lorsqu'une coupe est cassée chez toi, tu dois être tel que tu es quand on en casse une ailleurs. Raisonne aussi de même pour ce qui est plus important. Un homme a perdu son fils ou sa femme ; il n'est personne qui ne dise : « C'est le sort des humains. » Mais que l'on perde l'un des siens, aussitôt on crie : « Hélas ! quel malheur ! » Il faudrait pourtant se souvenir de ce que l'on ressent quand on apprend que cela arrive à d'autres.

[Finalité et perfection de l'univers]

[XXVII] De même qu'un but n'est pas placé pour qu'on le manque, de même la nature[1] n'engendre rien de mal dans le cosmos.

[Bon usage des représentations pour rester libre]

[XXVIII] Si quelqu'un livrait ton corps au premier venu, tu en serais indigné ; mais de livrer toi-même ta pensée au premier qui t'insulte en le laissant la troubler et la bouleverser, n'en as-tu pas honte ?

[Reproduire dans sa vie la cohérence et l'harmonie de la nature]

[XXIX] [1] En toute action examine les tenants et les aboutissants, et alors seulement entreprends-la. Sinon, au début, tu partiras avec ardeur pour n'avoir examiné aucune

1. La nature est un modèle de rationalité et d'harmonie (*cf.* Thèmes et problématiques, pp. 68-75) et c'est pourquoi les hommes doivent « vivre conformément à la nature ».

des conséquences, puis, quand apparaîtront les difficultés, tu renonceras honteusement.

[2] Veux-tu vaincre aux Jeux olympiques[1] ? Moi aussi, par tous les dieux ! car c'est une belle chose. Mais examine bien les tenants et les aboutissants, et alors seulement mets-toi à l'œuvre. Il faut t'astreindre à une discipline, à un régime, t'abstenir de friandises, te soumettre à des exercices, à heure fixe, par la chaleur et par le froid, ne pas boire d'eau froide, ni de vin à ta fantaisie, bref, t'abandonner à ton entraîneur comme à un médecin. Au moment des épreuves il faudra te frotter de poussière[2] ; il peut aussi t'arriver d'avoir le bras démis, le pied tordu, d'avaler beaucoup de poussière, parfois même de recevoir le fouet[3], et après tout cela, d'être vaincu.

[3] Après avoir tout envisagé, si tu es encore décidé, travaille à devenir athlète. Sinon tu feras comme les enfants qui changent constamment, jouent tantôt au lutteur, tantôt au gladiateur, puis sonnent de la trompette, puis jouent la tragédie. Et toi aussi, tour à tour athlète, gladiateur, orateur, philosophe, tu ne mets ton âme en rien. Comme un singe tu imites tout ce que tu vois et chaque chose successivement te plaît. C'est que tu t'es engagé sans réfléchir, tu n'as pas fait le tour de la question, mais tu vas au hasard, sans ardeur dans ton choix.

[4] Ainsi certains, après avoir vu un philosophe ou en avoir entendu un parler comme Euphrate[4] (et pourtant qui peut parler comme lui ?), veulent eux aussi être philosophes.

---

1. Il peut sembler paradoxal de voir ici Épictète proposer comme un but dans la vie une chose extérieure, qui ne dépend pas de nous. Peut-être l'exemple vaut-il surtout par sa valeur symbolique ou métaphorique : l'athlète en effet vise la maîtrise de soi sur le plan physique comme le philosophe sur le plan spirituel. Il ne faut pas oublier non plus qu'Épictète n'a jamais vraiment tranché l'alternative : cohésion des actes ou constance intérieure (*cf.* p. 79), comme cela ressort ici (l. 377-380). \ **2.** Après s'être frottés d'huile, les lutteurs se jetaient de la poussière sur le corps pour faciliter les prises. \ **3.** Sur l'ordre des présidents des jeux, en punition d'une infraction aux règlements. \ **4.** Philosophe stoïcien d'origine syrienne, contemporain d'Épictète et ami de Pline le Jeune.

[5] Ô homme, examine d'abord bien en quoi cela consiste et, ensuite, étudie ta propre nature pour voir si tu peux porter ce fardeau. Si tu veux être pentathle[1] ou lutteur, tu dois éprouver la force de tes bras, de tes cuisses, étudier la vigueur de tes reins, car l'un est naturellement doué pour ceci, l'autre pour cela.

[6] Crois-tu qu'en t'engageant dans la philosophie tu pourras continuer à manger et boire autant, à céder à tes désirs et tes aversions comme avant ? Il faut rester vigilant, peiner, t'éloigner des tiens, supporter le mépris d'un esclave, les moqueries des premiers venus, être moins bien loti en tout, dans les honneurs, les charges publiques, les procès, dans la moindre affaire.

[7] Examine tout cela si tu veux, en échange, acquérir une âme tranquille, libre, calme[2]. Sinon, ne t'engage pas ; ne sois pas, comme les enfants, philosophe un jour, collecteur d'impôts le lendemain, puis orateur, puis procurateur de César[3]. Tout cela ne s'accorde pas. Il te faut être un individu unique, ou bon, ou méchant ; il te faut exercer l'empire sur toi-même ou bien sur les choses extérieures, te consacrer à ce qui est en toi ou bien à ce qui est hors de toi, c'est-à-dire te ranger parmi les philosophes ou bien rester un homme ordinaire.

[Pour se conformer à la nature, concilier l'observation des devoirs et l'usage des représentations]

[XXX] De façon générale, les devoirs sont fonction des liens naturels. C'est ton père ; tu es obligé de prendre soin de

1. Athlète qui concourt dans le combiné de cinq exercices (course, lutte, pugilat, saut, lancer du disque). \ **2.** L'idéal visé par le philosophe est toujours l'ataraxie (*cf.* Thèmes et problématiques, p. 92, et Glossaire, p. 101). \ **3.** Administrateur d'une province représentant l'empereur.

lui, de lui céder en tout, de supporter réprimandes et châtiments. « Mais c'est un mauvais père ! » Est-ce par hasard avec un bon père que la nature t'a créé des liens ? Non, c'est avec un père. Ton frère est-il injuste ? Eh bien ! considère le rapport qui t'unit à lui, ne t'occupe pas de ce qu'il fait, mais de ce que tu dois faire pour que ta conduite soit conforme à la nature. Car nul ne te nuira, si tu ne le veux pas ; on ne te nuira vraiment que lorsque tu imagineras qu'on te nuit. Et de même à l'égard de ton voisin, de ton concitoyen, de ton supérieur, tu connaîtras ton devoir si tu prends l'habitude de considérer les rapports qui t'unissent à chacun d'eux.

[DANS UN MONDE GOUVERNÉ PAR LA PROVIDENCE DIVINE, LE MAL N'EXISTE PAS]

[XXXI] [1] Sache que la piété[1] envers les dieux consiste avant tout en ceci : avoir à leur sujet des idées exactes en croyant qu'ils existent et qu'ils gouvernent le monde sagement et justement, te donner comme règles de leur obéir, de te plier à tous les événements, de les accepter volontiers en pensant qu'ils sont le fait d'une volonté très sage. Car ainsi tu n'accuseras pas les dieux, tu ne leur reprocheras pas de ne pas se soucier de toi.

[2] Et cela ne te sera possible que si tu enlèves toute idée de bien ou de mal à ce qui ne dépend pas de nous, et si tu

1. À Rome comme dans les cités grecques, la religion a d'abord une forme civile ; elle est l'expression et la célébration du lien social, beaucoup plus qu'une affaire de conscience privée. C'est pourquoi la piété envers les dieux est un devoir pour tout citoyen, le signe de son allégeance aux valeurs de la communauté. Cela dit – contrairement à ce qu'il pourrait paraître ici –, Épictète ne souscrit sans doute pas à la vision anthropomorphique de la mythologie et de la religion officielle. Pour lui (*cf.* Thèmes et problématiques, p. 74), les dieux ne sont pas des puissances extérieures auxquelles il faudrait rendre un culte lui-même extérieur. Ce sont plutôt des forces auxquelles nous participons et auxquelles nous devons chercher à nous identifier dans toute notre conduite.

places uniquement le bien et le mal en ce qui dépend de nous. Car si tu appelles bien ou mal ce qui ne dépend pas de nous, un jour, nécessairement, frustré de ce que tu désirais ou frappé de ce que tu ne voulais pas, tu adresseras des reproches aux responsables de ces événements et tu les haïras.

[3] Tout être en effet est naturellement porté à fuir, à éviter ce qui lui paraît nuisible et aussi le responsable de ce tort, mais il est porté à rechercher, à admirer ce qui lui semble utile et aussi le responsable de cette faveur[1]. Il est donc impossible à celui qui pense être lésé d'aimer celui qui paraît le léser, de même qu'il lui est impossible d'aimer le dommage lui-même.

[4] C'est pourquoi un père subit les reproches de son fils quand il ne lui donne pas ce que l'enfant considère comme un bien. Voilà pourquoi aussi Polynice et Étéocle[2] devinrent ennemis : c'est qu'ils tenaient le pouvoir suprême pour un bien. De là aussi viennent les plaintes contre les dieux, plaintes du paysan, plaintes du navigateur, plaintes du marchand, plaintes de ceux qui perdent femme et enfants. Car là où est l'intérêt, là aussi se trouve la piété[3] ; de sorte que celui qui travaille à désirer ce qu'il faut, à éviter ce qu'il faut, travaille en même temps à être vraiment pieux.

[5] Dans les libations[4], les sacrifices, l'offrande des prémices[4] selon les coutumes des ancêtres, il faut respecter la pureté des

1. On a là un exemple de prénotion (*cf.* Glossaire, p. 115) qui peut apparaître comme une règle de fonctionnement inscrite dans la nature même de la liberté, puisqu'elle fixe à celle-ci ses orientations primordiales, positive et négative. \ **2.** Fils d'Œdipe ; ils avaient décidé de régner à tour de rôle mais Étéocle, au bout d'un an, refusa de laisser le trône à son frère ; Polynice assiégea Thèbes ; les deux frères se battirent en combat singulier et se tuèrent réciproquement. \ **3.** La piété ne consiste pas en dévotions particulières à l'occasion des fêtes ; elle se traduit dans la vie de tous les jours, et dans les situations chargées pour nous d'enjeux personnels. Ainsi, si la liberté est bien un don divin, et comme la présence même du dieu en l'homme, en faire un bon usage, c'est rendre aux dieux le seul hommage qui vaille. \ **4.** Pratiques religieuses qui consistent à répandre, sur l'autel, un liquide, vin, lait ou miel (« libations ») ou à offrir les premiers fruits des champs ou les premiers animaux nés du troupeau (« prémices »).

rites, éviter la négligence et l'insouciance, ne pas lésiner, mais éviter la prodigalité.

[LE SEUL USAGE LÉGITIME DE LA DIVINATION]

[XXXII] [1] Quand tu vas consulter un oracle, souviens-toi que tu ignores ce qui doit t'arriver et que tu viens trouver le devin pour l'apprendre. Or, la nature de ce qui t'arrivera, tu la sais en venant, si tu es philosophe. Car si cela fait partie des choses qui ne dépendent pas de nous, il est tout à fait sûr que ce n'est ni un bien, ni un mal.

[2] N'apporte donc chez le devin ni désir ni aversion ; va le trouver sans trembler en sachant parfaitement que tout ce qui t'arrivera est indifférent[1], ne te concerne pas. Quoi que ce puisse être, il y aura moyen d'en bien user, sans que personne puisse t'en empêcher. Va donc avec confiance vers les dieux comme vers des conseillers. Et ensuite, lorsque tu auras reçu le conseil, n'oublie pas quels conseillers tu as pris et à qui tu désobéirais si tu faisais la sourde oreille.

[3] Consulte donc l'oracle, comme le voulait Socrate, pour les choses dans lesquelles le doute porte uniquement sur le dénouement, lorsque le raisonnement[2] ou toute autre méthode ne permettent pas de savoir ce qui est en cause. Ainsi, lorsqu'il s'agira de courir au secours d'un ami, de la patrie, ne consulte pas l'oracle pour savoir s'il faut y aller[3]. En effet, si le devin t'annonce que les présages sont mauvais, cela signifie assurément ou la mort, ou la perte d'un membre, ou l'exil ;

1. Les choses extérieures, indépendantes de notre volonté, ne sont en soi, ni des biens ni des maux. Seul, l'usage que nous en faisons leur confère une valeur morale et affective (bien et bonheur, mal et malheur). \ **2.** Un disciple de Socrate, Xénophon (v. 430-v. 355 av. J.-C.), rapporte dans les *Mémorables* que Socrate n'admettait la divination que dans les cas où on ne savait pas par la raison comment les choses tourneraient. Ainsi conseilla-t-il à Xénophon de consulter l'oracle pour savoir s'il devait se joindre à l'expédition de Cyrus. \ **3.** Ce sont en effet des devoirs qui ne se discutent pas.

mais le raisonnement prescrit, même à ce prix, de secourir un ami, de s'exposer au danger pour la patrie. Crois-en donc un devin plus grand, Apollon Pythien, qui chassa de son temple celui qui n'avait pas porté secours à son ami assassiné[1].

[POUR AVOIR UNE VIE COHÉRENTE ET HARMONIEUSE...]

XXXIII [1] Fixe-toi dès maintenant une personnalité et un plan de vie que tu veilleras à garder dans la solitude comme au hasard des rencontres[2].

[...OBSERVE CES QUINZE COMMANDEMENTS DE MODÉRATION QUI T'ASSURERONT LA CONSTANCE INTÉRIEURE]

[2] Garde le plus possible le silence, ou bien ne dis que le nécessaire, et brièvement. Parfois, mais rarement, quand l'occasion t'y invite, mêle-toi à la conversation, mais non pas sur des banalités ; ne parle pas de gladiateurs, de courses de chevaux ni d'athlètes, d'aliments ni de boissons, tout ce dont on s'entretient partout ; encore moins des gens, que ce soit pour les blâmer, les louer ou faire des comparaisons.

[3] Si cela est possible, fais dévier la conversation de ceux qui sont avec toi vers des sujets plus élevés ; mais si tu te trouves environné de gens vulgaires, garde le silence.

1. Apollon, nommé Pythien pour avoir tué le monstrueux serpent Python aux cent têtes, avait son temple à Delphes. La Pythie, prophétesse du lieu, déclara dans un oracle que celui qui n'avait pas secouru un ami était impur. \ **2.** Il s'agit d'appliquer dans sa vie l'harmonie qu'on observe dans la nature, et, quel que soit son rôle, de s'y tenir, de l'interpréter de manière cohérente (*cf.* Thèmes et problématiques, pp. 78-79).

[4] Ris avec modération : ne ris pas de tout, ni sans retenue.

[5] Évite les serments[1], totalement si tu le peux, au moins dans toute la mesure possible.

[6] Fuis les banquets des gens vulgaires ; si par hasard l'occasion se présente, apporte toute ton attention à ne jamais te laisser aller à leurs manières vulgaires. Sache bien que si quelqu'un se salit, celui qui le fréquente se salit nécessairement aussi, quand même il serait propre lui-même.

[7] Ne prends que le strict nécessaire de ce qui sert au corps : nourriture, boisson, vêtement, maison, serviteurs ; tout ce qui est pour la montre et le confort, supprime-le totalement.

[8] Quant aux plaisirs de l'amour, autant que possible garde-toi pur avant le mariage ; si tu t'y adonnes, prends ta part de ce qui est licite. En tout cas, ne va pas juger de haut et blâmer ceux qui en usent ; et ne claironne pas partout que toi-même tu restes chaste.

[9] Si l'on te rapporte qu'un tel dit du mal de toi, ne te défends pas contre ces accusations, mais réponds : « Il ignorait donc mes autres défauts, sinon il n'aurait pas seulement parlé de ceux-là. »

[10] Aller souvent au théâtre[2] n'est pas nécessaire, mais si tu as l'occasion d'y aller, ne te montre préoccupé que de toi-même, c'est-à-dire : veille que seul arrive ce qui arrive, que seul soit vainqueur celui qui est vainqueur ; ainsi tu n'éprouveras aucune contrariété. Abstiens-toi complètement de crier, d'éclater de rire à telle réplique, et surtout de gesticuler comme les autres. À la sortie, ne discours pas longuement de

1. Parfois exigé par la vie sociale (par exemple dans les procès), le serment est cependant, en lui-même, doublement fautif : d'abord, il est un engagement sur l'avenir, alors que ce dernier ne nous appartient pas ; ensuite, prenant les dieux à témoin de cet engagement, il peut apparaître comme un défi à leur adresse, eux qui sont les seuls maîtres du destin et de l'avenir. \ 2. Le théâtre n'est pas seulement un spectacle, une occasion de divertissement mais aussi et surtout la métaphore de la vie tout entière.

la pièce, dans la mesure où cela ne sert pas à te rendre meilleur; sinon tu montres que le spectacle a troublé ton esprit.

[11] Lorsque quelqu'un fait une lecture publique[1], n'y va pas trop facilement et sans réfléchir; si tu y vas, garde un air froid et calme, mais sans insolence.

[12] Quand tu dois rencontrer quelqu'un, surtout l'un de ceux qui passent pour éminents, demande-toi ce qu'auraient fait en pareille occasion Socrate ou Zénon[2], et tu ne seras pas embarrassé pour tirer le profit convenable de cette rencontre.

[13] Quand tu te rends chez un personnage très puissant, dis-toi que tu ne le trouveras pas chez lui, qu'on te laissera dehors, qu'on te claquera la porte au nez, qu'il ne s'occupera pas de toi. Si malgré cela tu es obligé d'aller chez lui, vas-y, supporte ce qui arrive et ne te dis jamais: « Cela n'en valait pas la peine. »

Ce serait parler en non-philosophe, qui s'irrite des événements extérieurs.

[14] Dans les conversations, évite de rappeler abondamment et sans mesure tes actions ou tes malheurs; car si tu prends plaisir à parler de tes malheurs, les autres ne prennent pas le même plaisir à écouter ce qui t'est advenu.

[15] Évite aussi de chercher à faire rire; c'est un chemin qui glisse vers la vulgarité et c'est le moyen aussi de t'aliéner le respect de ceux qui t'entourent.

[16] Il est dangereux aussi de se laisser aller à des propos indécents. Lorsqu'une telle conversation s'engage, réprimande celui qui en est cause si cela t'est possible; sinon ton silence, ton air rougissant et réprobateur montreront que de tels sujets te déplaisent.

1. Il s'agit des auteurs qui font à haute voix la lecture de leur œuvre devant un public choisi. \ **2.** Zénon de Cittium (v. 335- v. 264 av. J.-C.), le fondateur du stoïcisme (*cf.* Carte, p. 121).

[Devant le plaisir, faire un bon usage de ses représentations]

[XXXIV] Quand tu te représentes quelque plaisir, veille à ne pas plus te laisser entraîner par cette représentation que par les autres, mais tarde un peu à te décider, accorde-toi quelque délai ; puis compare les deux moments, celui où tu te laisseras aller à ton plaisir et celui qui suivra, le moment des regrets et des reproches ; mets en balance au contraire la joie que tu éprouveras, les louanges que tu t'adresseras pour avoir renoncé à ce plaisir. Si toutefois il te semble opportun d'opter pour le plaisir, veille à ne pas te laisser vaincre par ce qu'il y a en lui d'agréable, de doux, d'attirant ; mets en balance ce qui est bien mieux, la conscience d'avoir remporté la victoire sur ces attraits.

[Accomplir son devoir sans souci du qu'en-dira-t-on]

[XXXV] Quand tu as décidé qu'il fallait agir et que tu agis, ne cherche jamais à éviter qu'on te voie agir, même si les gens devaient te mal juger. Car si tu as tort d'agir, n'agis pas, mais si tu as raison, pourquoi craindre ceux qui n'ont pas raison de te faire des reproches ?

[Relativité des jugements de valeur]

[XXXVI] Les deux propositions : il fait jour, il fait nuit, ont toute leur valeur si on les unit par un mot disjonctif : il fait jour ou il fait nuit, mais elles n'en ont aucune si on les unit par un mot copulatif[1] : il fait jour et il fait nuit. De même

1. Qui relie les termes d'une proposition.

choisir la plus grosse part a de la valeur si l'on considère le corps, mais ne vaut rien si l'on veut dans un banquet observer les convenances. Lorsque donc tu es invité à un banquet, souviens-toi de ne pas juger de la valeur des mets par rapport à ton corps, mais en considérant les convenances à observer à l'égard de ton hôte.

[XXXVII] Si tu as assumé un rôle[1] au-dessus de tes forces, non seulement tu l'as mal tenu, mais tu as laissé de côté celui que tu pouvais remplir.

[SUIVRE EN TOUT LA RAISON]

[XXXVIII] En te promenant, tu veilles à ne pas marcher sur un clou, à ne pas te tordre le pied ; de même veille à ne pas blesser la raison, qui guide la marche de ton être. Si en chaque circonstance nous observons cette règle, nous atteindrons plus sûrement le but.

[DES SOINS À DONNER À SON CORPS]

[XXXIX] Pour chacun la mesure de ce qu'il faut posséder, c'est le corps[2], comme le pied est la mesure de la chaussure. Si donc tu t'en tiens à cela, tu garderas la mesure ; si tu vas au-delà, comme sur la pente d'un précipice tu glisseras nécessairement. C'est comme pour la chaussure ; si tu vas au-delà de ce qui suffit à ton pied, viendra la dorure, puis la pourpre, puis la broderie ; car une fois la mesure dépassée, il n'y a plus de borne[3].

[XL] Les filles, dès l'âge de quatorze ans, sont pour les hommes des « dames » ; voyant alors qu'elles n'ont d'autre

1. Par-delà le rôle commun d'homme, l'individu a un rôle particulier à jouer. \ **2.** Élément d'une nature harmonieuse, le corps est réglé : il a en lui-même un principe d'équilibre, une « mesure ». \ **3.** Quand le désir va au-delà du besoin, il est pris dans une escalade.

rôle que de coucher avec les hommes[1], elles commencent à se parer, à mettre tous leurs espoirs dans la parure. Il est donc juste de leur faire comprendre que seule leur vaudra le respect une tenue modeste et réservée.

[XLI] C'est une marque d'impuissance que de donner trop d'importance aux soins du corps, à la gymnastique, à la nourriture, à la boisson, à la défécation, à la copulation ; tout cela doit être tenu pour accessoire, c'est à l'esprit que doit aller toute l'attention.

[NUL N'EST MÉCHANT VOLONTAIREMENT (INTELLECTUALISME MORAL[2])]

[XLII] Lorsque quelqu'un te fait du mal ou dit du mal de toi, souviens-toi qu'il pense avoir raison d'agir ou de parler ainsi. Il ne lui est donc pas possible de suivre ta façon de juger, mais il suit la sienne, en sorte que s'il juge mal, c'est lui qui subit un dommage, puisqu'il se trompe. Car si quelqu'un croit faux un raisonnement juste, ce n'est pas le raisonnement qui subit le dommage, c'est celui qui s'est trompé. Partant de ce principe, traite avec douceur celui qui te fait du tort ; dis-toi à chaque fois : « Il a cru avoir raison. »

[SAVOIR BIEN USER DES REPRÉSENTATIONS]

[XLIII] Toute chose a deux anses, l'une qui permet de la porter, l'autre qui ne le permet pas. Si ton frère a des torts, ne le prends pas du côté où il a des torts (c'est en effet l'anse par laquelle ce n'est pas supportable), mais prends-le plutôt

1. Le désir est un dérèglement du besoin naturel parce que son essence est dans la relation à autrui (*cf.* Thèmes et problématiques, p. 66 et pp. 90-92). \ **2.** Doctrine, déjà défendue par Socrate, selon laquelle la volonté suit toujours ce que l'entendement lui présente comme le mieux, de sorte que la faute morale n'est finalement qu'une erreur de jugement (*cf.* Thèmes et problématiques, pp. 88-89).

du côté où c'est ton frère, où il a été élevé avec toi, et tu prendras alors la chose du côté où elle est supportable.

[XLIV] Voici des raisonnements illogiques : « Je suis plus riche que toi, donc je te suis supérieur ; je suis plus éloquent que toi, donc je te suis supérieur. » Mais en voici de logiques : « Je suis plus riche que toi, donc ma richesse est supérieure à la tienne ; je suis plus éloquent que toi, donc mon éloquence est supérieure à la tienne. » La richesse, l'éloquence, ce n'est pas toi.

[XLV] Un tel passe peu de temps au bain : ne dis pas que c'est mal, dis qu'il y passe peu de temps ; un autre boit beaucoup de vin : ne dis pas que c'est mal, dis qu'il boit beaucoup de vin. Car avant de connaître ses raisons, comment sais-tu si c'est mal[1] ? Ainsi tu ne risqueras pas d'avoir des représentations évidentes[2] de certaines choses et de donner ton assentiment à d'autres.

[PLUS QU'UNE CONNAISSANCE THÉORIQUE, LA PHILOSOPHIE EST UNE MANIÈRE DE VIVRE ET D'AGIR...]

[XLVI] Ne te dis jamais philosophe, ne parle pas abondamment, devant les profanes, des principes de la philosophie ; mais agis selon ces principes. Par exemple, dans un banquet, ne dis pas comment il faut manger, mais mange comme il faut. Souviens-toi en effet que Socrate était à ce point dépouillé de pédantisme que, si des gens venaient à lui

1. On voit à nouveau qu'il n'y a pas de bien ou de mal objectifs et absolus. Tout dépend du rôle dévolu à chacun dans le scénario du monde. \ **2.** Littéralement : « représentations compréhensives » ; cette notion désigne chez Épictète les représentations dans lesquelles on saisit intuitivement et de manière évidente la présence de l'objet. Elles forcent donc l'assentiment, à la différence de représentations qui « collent » moins immédiatement à leur objet (*cf.* Thèmes et problématiques, pp. 88-89).

pour qu'il les présente à des philosophes, il les conduisait lui-même[1] ; tant il acceptait d'être dédaigné.

Et si, dans une réunion de profanes, la conversation tombe sur quelque principe philosophique, garde le silence tant que tu le peux ; car le risque est grand que tu ne recraches trop vite ce que tu n'as pas digéré. Alors, si quelqu'un te dit que tu es un ignorant et que tu n'en es pas meurtri, sache que tu commences à être philosophe. Car ce n'est pas en donnant de l'herbe aux bergers que les brebis montrent qu'elles ont bien mangé, mais en digérant leur nourriture au-dedans et en fournissant au-dehors de la laine et du lait. Toi non plus donc, ne montre pas aux gens les principes de la philosophie, mais digère-les et montre les œuvres qu'ils produisent.

[...MAIS SANS OSTENTATION]

[XLVII] Quand à peu de frais tu as donné à ton corps ce qu'il fallait, ne t'en glorifie pas ; si tu bois de l'eau, ne dis pas en toute occasion que tu bois de l'eau. Si tu veux un jour t'exercer à supporter la fatigue, fais-le pour toi, non pour les autres. Ne va pas mettre tes bras autour des statues[2] et, quand tu as grand soif, aspire de l'eau fraîche, recrache-la[3] et ne le dis à personne.

1. Dans le *Protagoras*, de Platon, Socrate reçoit la visite d'un jeune homme qui veut à toute force écouter le célèbre sophiste. Socrate accepte de faire les présentations... non sans soumettre à un examen critique l'art du sophiste. \ **2.** Allusion à Diogène qui, pour montrer qu'il ne craignait pas le froid, se serrait en plein hiver contre une statue de marbre. Malgré son admiration pour les cyniques, Épictète leur reproche certaines attitudes provocatrices et surtout il se méfie de la médiocrité des imitateurs. \ **3.** Reprise d'un propos d'Appollonios de Rhodes (IIIe siècle av. J.-C.) cité dans les *Entretiens*, III, XII, 17. Il s'agit toujours de s'exercer à contrôler son corps et à maîtriser ses appétits naturels.

[LES DEGRÉS DE LA PROGRESSION MORALE ET PHILOSOPHIQUE]

[XLVIII] [1] Conduite et caractère du non-philosophe : ce n'est jamais de lui-même qu'il attend service ou dommage, c'est toujours de l'extérieur. Conduite et caractère du philosophe : tout service, tout dommage, c'est de lui-même qu'il l'attend.

[2] À quoi l'on reconnaît celui qui progresse : il ne blâme personne, ne loue personne, ne se plaint de personne, n'accuse personne, ne parle jamais de lui-même comme s'il était quelqu'un ou savait quelque chose. Lorsqu'il est contrarié, gêné, c'est lui-même qu'il accuse ; si on le loue, il rit en lui-même de celui qui le loue ; si on le blâme, il ne se justifie pas. Il marche comme les convalescents, en évitant de bousculer ce qui se rétablit tant que ce n'est pas encore solide.

[3] Il est délivré de tout désir, il ne refuse que ce qui blesse la nature humaine et dépend de nous, toutes ses impulsions sont modérées. S'il passe pour un sot ou un ignorant, il n'en éprouve point de souci. Bref, il se surveille comme on surveille un ennemi rusé.

[LA PHILOSOPHIE EST FAITE POUR ÊTRE MISE EN PRATIQUE]

[XLIX] Si quelqu'un se glorifie de pouvoir comprendre et expliquer les ouvrages de Chrysippe[1], dis-toi que si Chrysippe n'avait pas un style obscur, cet homme n'aurait pas de quoi se glorifier. Pour moi, qu'est-ce que je veux ? Comprendre la nature et lui obéir. Je demande alors qui peut me l'expliquer ;

1. Un des fondateurs du stoïcisme avec Zénon de Cittium (281-204 av. J.-C.). *Cf.* Carte, p. 121.

si l'on me dit que c'est Chrysippe, je vais le trouver. Mais je ne comprends pas ce qu'il a écrit, je cherche donc quelqu'un qui me l'explique. En tout cela il n'y a encore rien d'extraordinaire. Mais quand j'ai trouvé quelqu'un pour me l'expliquer, il me reste à mettre en pratique les préceptes ; c'est cela seulement qui est extraordinaire. Si je n'admire que l'art d'expliquer, qu'est-ce que je deviens ? Non pas un philosophe, mais rien d'autre qu'un grammairien, à ceci près qu'au lieu d'Homère, c'est Chrysippe que j'explique. Donc, lorsqu'on me dit : « Apprends-moi à lire Chrysippe », je rougis si je ne peux montrer que mes actes sont semblables à mes paroles, en accord avec elles.

[L'ATTITUDE PHILOSOPHIQUE EXIGE QU'ON SUIVE EN TOUT ET SANS DÉLAI LA RAISON]

[L] Tous les préceptes de la sagesse, observe-les comme des lois que tu ne peux enfreindre sans impiété. Mais ce que l'on dit de toi, n'en tiens pas compte, car cela ne te concerne plus.

[LI] [1] Jusques à quand vas-tu différer de te juger digne du bien suprême et d'obéir en tout à la raison, qui est le seul juge ? On t'a appris sur quels préceptes il fallait se guider et tu as accepté ces guides. Quel autre maître attends-tu donc pour t'en remettre à lui du soin de ton perfectionnement ? Tu n'es plus un enfant mais un homme fait maintenant. Si donc tu te laisses aller à la négligence, à la nonchalance, si tu ajoutes les délais aux délais, si tu remets toujours à plus tard le jour où tu te soucieras de toi-même, alors sans t'en apercevoir tu cesseras de faire des progrès, et tu finiras par vivre et par mourir sans être philosophe.

[2] Dès maintenant donc juge-toi digne de vivre en homme mûr, en homme qui progresse ; ce qui t'apparaît comme le bien suprême doit être pour toi la loi inviolable. En toute

occasion, douleur ou plaisir, action éclatante ou sans éclat, souviens-toi que c'est le moment de l'épreuve, que les Jeux olympiques[1] sont ouverts, que tu ne peux plus reculer et qu'il dépend d'un seul jour, d'une seule action, que tes progrès soient ruinés ou préservés.

[3] Socrate devint ce qu'il fut parce que, en tout ce qui lui arriva, il ne prit pour règle que la seule raison. Toi, si tu n'es pas encore Socrate[2], du moins c'est en voulant être Socrate que tu dois vivre.

[LES TROIS PARTIES DE LA PHILOSOPHIE[3]]

[LII] [1] La première partie de la philosophie, la plus nécessaire, consiste à mettre en pratique les préceptes, par exemple, à ne pas mentir. La seconde consiste à les démontrer, à expliquer par exemple pourquoi il ne faut pas mentir. La troisième consiste à affermir ces démonstrations, à faire les distinctions nécessaires : pourquoi est-ce une démonstration ? qu'est-ce qu'une démonstration ? qu'est-ce qu'une conséquence, une contradiction ? qu'est-ce que le vrai ? qu'est-ce que le faux ?

[2] Ainsi la troisième partie est nécessitée par la seconde, et la seconde par la première ; mais la plus nécessaire, celle où il faut s'arrêter longtemps, c'est la première. Et nous, nous faisons le contraire : nous nous attardons sur la troisième partie, nous y mettons toute notre ardeur ; quant à la première, nous la négligeons complètement. C'est pourquoi nous

1. *Cf.* § XXIX : comparaison de l'athlète et du philosophe. \ **2.** Par son indifférence aux biens matériels et aux jugements des autres, par son souci exclusif de l'âme et des valeurs morales, par sa vertu intransigeante, Socrate est un modèle pour Épictète, au même titre que les grands maîtres du stoïcisme. \ **3.** Cette tripartition de la philosophie (morale pratique, morale théorique, logique) est curieuse : elle omet, en effet, la physique, c'est-à-dire l'étude de la nature qui tient une place importante dans la doctrine stoïcienne, puisqu'elle pose les fondements de la vie morale dans la mesure où celle-ci doit se conformer à la nature (*cf.* Thèmes et problématiques, pp. 59-60 et 67-68).

mentons tout en sachant très bien démontrer qu'il ne faut pas mentir.

[ADHÉSION AU DESTIN]

[LIII] En toute circonstance il faut avoir à l'esprit les textes suivants :

— *Conduis-moi donc, ô Zeus, conduis-moi, Destinée,*
Au but que dès longtemps vous m'avez assigné,
Avec ardeur je vous suivrai ;
Car si, devenu mauvais, je ne veux pas,
Je ne vous en suivrai pas moins[1].

— *Qui se plie de bon gré à la Fatalité*
Nous le tenons pour sage,
Il connaît les secrets de la Divinité[2].

— *Eh bien ! Criton, si cela plaît aux dieux, qu'il en soit ainsi*[3] *!*

— *Anytos et Mélétos peuvent bien me tuer, mais non pas me rendre malheureux*[4].

1. Passage d'un poème de Cléanthe, l'un des maîtres du stoïcisme ancien (*Cf.* Carte, p. 121). \ **2.** Vers d'une tragédie inconnue d'Euripide (v. 480- v. 406 av. J.-C.). \ **3.** Parole de Socrate dans le *Criton* de Platon (43d). \ **4.** Résumé libre de l'*Apologie de Socrate* de Platon (30c-d).

DOSSIER

L'ARCHITECTURE DE L'ŒUVRE

Le *Manuel* d'Épictète n'est pas un ouvrage composé ; il s'agit de morceaux choisis tirés des *Entretiens*, lesquels ne sont eux-mêmes que la transcription des échanges spontanés et improvisés qu'Épictète avait avec ses élèves à l'issue des cours. On ne saurait donc en dégager un quelconque plan. En revanche, on y retrouve, plus ou moins explicitement, les principales notions de la pensée d'Épictète.

L'AUTEUR ET LE CONTEXTE

40 45 50 55 60 65 70 75 80 85

Œuvres d'Épictète

La situation politique à Rome

41 – 54 Règne de Claude

68 – 69 Guerre de succession entre Galba, Othon, Vitellius

54 – 68 Règne de Néron

69 – 79 Règne de Vespasien

55 Néron empoisonne Britannicus

79 – 81 Règne de Titus

Événements historiques et faits de société

44 La Judée est annexée à l'empire romain

47 L'empereur Claude promulgue un édit en faveur des esclaves et des affranchis

79 Éruption du Vésuve et destruction de Pompéi

80 L'empereur Titus inaugure le Colisée

72 Vespasien bannit les philosophes et fait exécuter le stoïcien Helvidius Priscus

vers 50 Avènement des Kouchans en Inde qui envoient des ambassades à Rome et en Chine

70
– Titus incendie le temple de Jérusalem et met fin à la guerre de Palestine commencée en 66
– Venu de l'Inde, le bouddhisme s'introduit en Chine

64 Incendie de Rome ; persécution des chrétiens ; Pierre, sur qui Jésus avait fondé son Église, est crucifié

65 Néron oblige les écrivains Sénèque, Pétrone et Lucain et le Stoïcien Thrasea Paetus à se suicider

67
– Paul, dont l'apostolat à travers le monde romain a commencé en 42, est décapité
– Néron fait percer l'isthme de Corinthe

Arts, littérature, sciences et techniques

23 - 79 Pline l'Ancien

75 Publication de *La Guerre des Juifs* de Flavius Josèphe (37 - 100)

77 Publication de l'*Histoire Naturelle* de Pline l'Ancien

50 Rédaction de l'*Évangile* de Matthieu

55 - 120 Tacite

70 - 130 Suétone

65 Rédaction de l'*Évangile* de Marc

55 - 140 Juvénal

62
– Premières Lettres de Sénèque à Lucilius
– Rédaction par Luc de son *Évangile* et des *Actes des Apôtres*

58 *Épître aux Romains* de Paul

61 - 114 Pline le Jeune

Philosophie

– 20 – 45 Philon le Juif

– 4 – 65 Sénèque

25 – 80 Musonius Rufus

27 –

v. 30 –

46 –

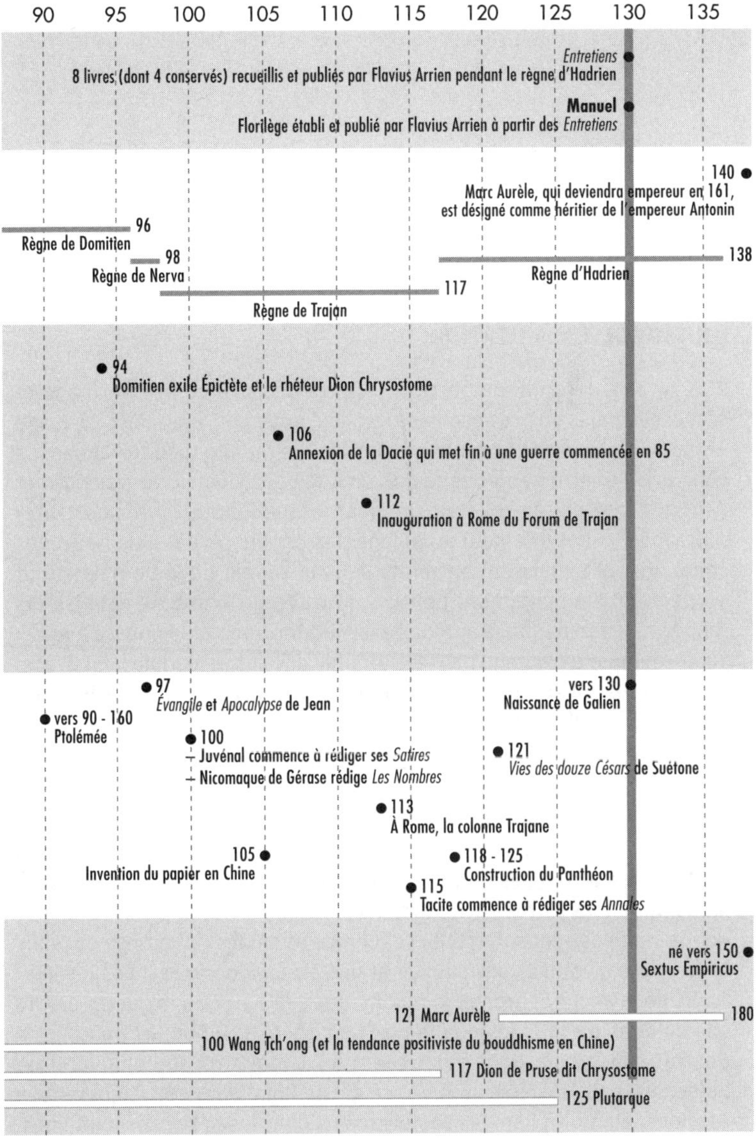
90 95 100 105 110 115 120 125 130 135
Entretiens
8 livres (dont 4 conservés) recueillis et publiés par Flavius Arrien pendant le règne d'Hadrien
Manuel
Florilège établi et publié par Flavius Arrien à partir des *Entretiens*
140
Marc Aurèle, qui deviendra empereur en 161, est désigné comme héritier de l'empereur Antonin
96
Règne de Domitien
98
Règne de Nerva
138
Règne d'Hadrien
117
Règne de Trajan
94
Domitien exile Épictète et le rhéteur Dion Chrysostome
106
Annexion de la Dacie qui met fin à une guerre commencée en 85
112
Inauguration à Rome du Forum de Trajan
97
Évangile et *Apocalypse* de Jean
vers 130
Naissance de Galien
vers 90 - 160
Ptolémée
100
– Juvénal commence à rédiger ses *Satires*
– Nicomaque de Gérase rédige *Les Nombres*
121
Vies des douze Césars de Suétone
113
À Rome, la colonne Trajane
105
Invention du papier en Chine
118 - 125
Construction du Panthéon
115
Tacite commence à rédiger ses *Annales*
né vers 150
Sextus Empiricus
121 Marc Aurèle
180
100 Wang Tch'ong (et la tendance positiviste du bouddhisme en Chine)
117 Dion de Pruse dit Chrysostome
125 Plutarque

CONTEXTE HISTORIQUE

UN MONDE EN MUTATION

202 av. J.-C. : Rome remporte la victoire décisive contre Carthage et sort des longues guerres puniques ravagée, exsangue, mais aussi endurcie et parée d'un prestige immense dans tout le monde méditerranéen. La voilà prise dans un engrenage qui, en quelques siècles, va transformer l'antique cité en métropole d'un gigantesque Empire. Ivres de toute-puissance, ayant pris goût au pillage, les esprits rêvent à de nouvelles conquêtes et se laissent entraîner dans la spirale de la domination et du négoce. L'engagement politico-militaire de Rome déstabilise les rapports de force établis autour de la Méditerranée et la pousse à intervenir toujours davantage dans les affaires des autres peuples. En Grèce, en Espagne, en Orient, elle est amenée à se comporter en arbitre du monde et à étendre sa tutelle.

L'équilibre interne de la cité républicaine s'en trouve bouleversé : les grandes familles et les chevaliers accroissent leurs fortunes, tandis que sombre dans la misère, le désœuvrement, le parasitisme et l'instabilité une plèbe nourrie par l'afflux d'émigrants sans ressources, d'Italiens déracinés, d'affranchis de toutes races. Les tensions sociales aiguisent d'interminables luttes entre factions politiques rivales (parti populaire contre noblesse conservatrice) ; l'appropriation des richesses nouvelles attise les convoitises des cliques et des clans, alors que, dans les bas-fonds de la société, gronde la révolte des esclaves que la guerre draine par millions de tous les points de l'Empire. Ces difficultés poussent à une fuite en avant, dont témoignent les conquêtes de Pompée et de Jules César au Ier siècle av. J.-C., ce qui ne fait d'ailleurs qu'ajouter aux tensions, en multipliant les soulèvements dans les provinces lointaines.

Rome s'épuise à vouloir contrôler une situation qui lui échappe. « Le vieux monde craque de partout, les institutions traditionnelles ne peuvent plus porter le poids de l'Empire[1] » ; la République est à l'agonie. Poursuivant l'œuvre d'adaptation politique amorcée par César, tout en tirant la leçon de son échec, Octave Auguste va réussir à stabiliser Rome, pour deux siècles, dans un ordre nouveau tout en équilibres. Les dynasties d'empereurs qui vont lui succéder, au cours des deux premiers siècles de notre ère, les Julio-Claudiens, les Flaviens, les Antonins, ne feront guère, avec une conscience et des fortunes diverses, que gérer son héritage…

L'entreprise durable d'Auguste s'inscrit donc sous le signe de l'équilibre. Le « principat », qu'il institue, recueille la tradition républicaine de Rome tout en concentrant la vie publique autour de l'empereur. Le pouvoir du Sénat et des institutions anciennes est contrebalancé par une administration centrale et locale placée sous le contrôle de l'empereur. Plus généralement, le pouvoir est mieux partagé entre les Romains, d'une part, les autres Italiens (qui désormais jouissent de tous les droits civiques) et les représentants des lointaines provinces, d'autre part. On assiste même à un phénomène général d'orientalisation : les provinces d'Orient reconquérant, sur le plan culturel, religieux et philosophique, le prestige qu'elles ont perdu par les armes. Tous les Romains cultivés, les marchands, les soldats sont bilingues et parlent le grec[2]. À la manière orientale se développent un culte et une divinisation des empereurs, qui prennent place à côté des dieux traditionnels. Enfin, pour sauvegarder cet équilibre, les empereurs s'attachent, depuis Auguste, à défendre et consolider les limites de l'Empire, en renonçant à toute visée expansionniste, exception faite pour la Dacie et l'Arabie, sous le règne de Trajan. Équilibre politique, stabilité des institutions, prospérité matérielle : l'Empire connaît, aux deux premiers siècles, son âge d'or.

Mais, par définition, l'équilibre est quelque chose de précaire, et la folie d'un Caligula ou celle d'un Néron ont bien failli le dérégler. Cependant, c'est du dehors que viendra le danger : dès le règne de Marc Aurèle (161-180), l'Empire doit se défendre contre les invasions des Barbares massés

1. P. Grimal, *La Civilisation romaine*, Arthaud, p. 60. \ **2.** L'enseignement d'Épictète était dispensé en grec et il nous est parvenu, sous la plume de Flavius Arrien, rédigé dans cette langue.

aux frontières. La ceinture défensive, dont il a voulu s'entourer, cède sous les hordes étrangères et déjà s'annoncent les drames du siècle suivant et les premiers symptômes de la mort de ce gigantesque corps politique, géographique et culturel (fin du IVe siècle).

LA QUÊTE ANXIEUSE D'UN SALUT

Cette ample mutation géopolitique a provoqué un ébranlement de tous les cadres socioculturels, qui lui-même se répercute dans les esprits. Les conquêtes impériales ont transgressé ou déplacé toutes les frontières ; les peuples sont soumis à un brassage sans précédent et à de nouveaux découpages, les territoires restructurés et mis en coupe réglée, selon une logique toute administrative et militaire. On devine le gigantesque mélange de peuples, de races, de cultures, de religions et de coutumes. Les repères traditionnels sont brouillés ; la diffusion et la banalisation des différences tendent à répandre une indifférence sceptique, qui ouvre la porte à tous les engouements et à toutes les errances. Comment en effet retrouver ses marques et ses limites dans un monde où l'extrême diversité des voies semble les désigner toutes comme équivalentes ? Qu'est-ce qui peut encore exprimer et garantir une orthodoxie religieuse, morale ou spirituelle, dans un univers frappé de relativité ? Rome, en particulier, est un vaste creuset d'un million d'habitants, sur les cinquante et plus que compte l'Empire. C'est une ville cosmopolite, ouverte à tous les vents, centre de tous les échanges commerciaux et idéologiques. La tolérance traditionnelle de la cité et le scepticisme ambiant la rendent perméable à toutes les influences. Ainsi continue-t-elle de recueillir l'héritage philosophique des écoles grecques, entre lesquelles elle réalise un certain syncrétisme. Sur le plan religieux, la restauration des cultes traditionnels, par Auguste, n'empêche pas la pénétration et la floraison de nouveaux cultes venus d'Orient : célébration orgiaque de Cybèle et d'Attis, divinités phrygiennes[1] dont la ville sainte est Hiérapolis, patrie d'Épictète ; adoration du dieu solaire Mithra, d'origine iranienne ; introduction du judaïsme, apporté par la diaspora, puis du christianisme, qui se détache du milieu juif et se répand très vite, d'abord chez les esclaves et les petites gens,

1. La Phrygie correspond à la Turquie actuelle.

puis dans la société riche et officielle. Ce renouveau des croyances et des mysticismes s'inscrit dans un climat diffus de superstition. On recourt aux oracles, à l'astrologie, aux techniques de prévision de l'avenir ; on est fasciné par le miracle et le merveilleux, et surtout on adhère avec enthousiasme à toutes les spiritualités qui garantissent le salut individuel et la béatitude dans l'au-delà.

C'est que, dans un monde qui vacille sur ses vieilles fondations érodées, et dont les valeurs perdent leur aura traditionnelle (éclatement de la citoyenneté et du civisme, déclin de la puissance absolue du père de famille, libération de la femme et déstabilisation du foyer, corrosion du lien social par l'écart scandaleux des richesses, etc.), le désarroi s'empare des esprits déracinés. Le passé ne soutient plus un présent instable et l'avenir, voilé par nature, semble plus incertain que jamais et lourd de menaces. Maîtres du monde civilisé, les Romains sentent l'histoire leur glisser entre les doigts, et l'adversité rabat le rêve impérialiste sur une quête angoissée et toute personnelle du sens de la vie. Une seule question revient, aiguë, lancinante : sur quoi fonder sa vie, à qui ou à quoi s'en remettre ? Où trouver une planche de salut ? Où chercher un simple réconfort, un espoir ? On se presse aux échoppes des marchands de bonheur, charlatans, thaumaturges ou maîtres spirituels authentiques… L'urgence de la situation ne permet pas toujours de faire la distinction.

REPÈRES BIOGRAPHIQUES

Le destin qui mène le monde traverse aussi la vie d'Épictète, malheureux rejeton de son siècle avant d'en être un témoin inspiré. Épictète naît en effet esclave à Hiérapolis, en Phrygie, vers l'an 50. Originaire donc de la lointaine Asie, aux confins de l'Empire, il est, tout jeune encore, déporté et vendu à Rome à un certain Épaphrodite. Celui-ci est un affranchi de Néron, parvenu, comme beaucoup de ses semblables à l'époque impériale, jusqu'aux plus hautes sphères de la fortune et du pouvoir. Quelques confidences d'Épictète donnent à penser qu'il était un courtisan servile et un maître brutal. Une légende (qui paraît trop belle pour être vraie) raconte qu'un jour où Épaphrodite le frappait violemment, Épictète lui aurait lancé, imperturbable : « Si tu continues, tu vas me casser la jambe. » Devant cette impertinence, l'autre aurait redoublé les coups et lui aurait, effectivement, brisé la jambe. À quoi Épictète se serait contenté de répondre, avec un calme tout stoïcien : « Tu vois, je t'avais pourtant prévenu. » De là, dit-on, l'infirmité qui le laissa boiteux pour le reste de ses jours, et qui lui sert si souvent d'exemple dans ses leçons de morale… Faut-il supposer que le maître ne resta pas insensible à la fermeté d'âme de son esclave ? En tout cas, il lui permit de suivre l'enseignement du philosophe stoïcien Musonius Rufus, avant de l'affranchir.

Le stoïcisme est alors à Rome une doctrine en vogue car il répond aux urgences de la situation. Apparu en Grèce quatre siècles plus tôt, avec Zénon de Cittium[1] et Chrysippe[2], dans une époque troublée qui voit s'effondrer l'empire d'Alexandre le Grand, il revit sous une forme essentiellement morale, offrant à chacun un guide de vie, une assurance de bonheur et une promesse de salut. Il s'agit, pour les philosophies comme pour les religions, pour les stoïciens comme pour leurs adversaires épicuriens, de prendre en charge le désarroi des esprits, de répondre à la quête angoissée de références et d'un sens existentiels. Teinté de

---

1. Zénon de Cittium (v. 335-264 av. J.-C.), fondateur de l'école du Portique (ou *stoa* en grec, du nom du lieu où Zénon donnait son enseignement à Athènes). \ **2.** Chrysippe (281-204 av. J.-C.) *Cf.* Carte, p. 121.

cynisme[1], l'enseignement de Musonius Rufus s'attache à définir et susciter avant tout une manière de vivre. La philosophie est faite pour être mise en pratique et non pour s'anémier dans de purs débats d'idées ou dans le monde clos de la culture. Totalement séduit par son maître, Épictète semble s'être attaché à le faire revivre (et, à travers lui, la grande figure de Diogène le Cynique) dans son propre enseignement.

En effet, Épictète devient à son tour prédicateur de morale, ce qui lui vaut d'être touché par l'arrêt de Domitien qui, en 94, expulse de Rome les philosophes, « mathématiciens et astrologues ». Des décrets identiques avaient déjà été pris par Néron et Vespasien en 65 et dans les années 70, tant il est vrai que la pensée libre sert aisément de bouc émissaire. Épictète s'exile à Nicopolis, riche ville d'Épire, lieu de transit entre la Grèce et l'Italie. Il reprend son enseignement et reçoit des élèves occasionnels (voyageurs et négociants en escale, magistrats, jeunes rhéteurs) ou des disciples assidus qui font, sous sa conduite, une sorte de retraite spirituelle. On pense qu'Épictète vécut là pauvrement, qu'il ne se maria pas, mais adopta un enfant à la fin de sa vie.

Voué exclusivement à la prédication vivante et à l'exhortation morale, il n'a pas laissé d'écrits. Les textes qui nous sont parvenus (quatre livres d'*Entretiens* sur huit initialement rédigés) sont des notes de cours, prises peut-être en sténographie par un jeune disciple enthousiaste, Flavius Arrien[2], qui deviendra historien et homme politique. Celui-ci s'en explique dans une lettre à Lucius Gellius :

« J'ai essayé de rédiger, autant que possible dans les mêmes termes, tout ce que je lui entendais dire, afin de garder pour moi dans l'avenir des souvenirs de sa pensée et du franc-parler avec lequel il s'exprimait. » Il ne s'agit pas des cours proprement dits, lesquels, sur un mode plus didactique et spéculatif, devaient consister en commentaires de textes de Zénon et de Chrysippe, les classiques du stoïcisme, et en

1. Secte philosophique très active en Grèce aux ve et ive siècles av. J.-C., et dont l'influence s'exercera jusqu'aux premiers siècles de notre ère. Les principaux représentants en sont Antisthène et Diogène. Philosophes des rues a l'aspect de clochards, les cyniques harcèlent les passants de railleries et d'invectives, « aboyant » contre les conventions, prônant le retour au « naturel », l'impudeur et « l'ensauvagement » de la vie. C'est pourquoi on les a comparés aux chiens *(kunoi)*, comme Diogène qui s'était aménagé une sorte de niche dans un tonneau. On a pu voir en eux une préfiguration antique des mouvements hippie ou punk (*cf.* Glossaire, p. 106). \ **2.** v. 95- v. 175.

exposés de doctrines. Il s'agit de diatribes, inspirées de l'interpellation directe des cyniques, ou de causeries spontanées avec les auditeurs, qui faisaient suite à la leçon elle-même. À partir d'anecdotes, de paraboles et de menus faits quotidiens, Épictète explique, éclaire, persuade, exhorte, aiguillonne et répète inlassablement. Il n'y a aucun plan d'ensemble dans les *Entretiens* publiés, aucune progression didactique. Ce sont des réflexions variées, et pourtant puisées toujours à la même source, égrenées au long du temps et des séances de travail.

LE *MANUEL*

Le *Manuel* (étymologiquement, livre qu'on garde à la main, portatif et indispensable) est un abrégé des *Entretiens*, écrit ultérieurement par le même Flavius Arrien. Dans un style familier et direct, sans aucune référence philosophique, il propose à un large public des échantillons particulièrement suggestifs de la prédication morale d'Épictète. La composition de l'ouvrage est donc encore plus émiettée que celle du texte originel.

Mais ce qui devait, aux yeux d'Arrien, en faciliter la lecture – la limpidité de l'expression et la brièveté du propos – devient, paradoxalement, un obstacle à l'interprétation philosophique. Épictète, en effet, n'est pas seulement un « gourou » qui distillerait les secrets d'une initiation spirituelle, au hasard de maximes et d'apologues. C'est un philosophe, porteur d'une vision du monde fondée en raison. Il faut même dire que, si toute philosophie a déjà, en tant que telle, une visée globalisante, le stoïcisme, quant à lui, s'organise en un véritable système. C'est qu'il ne peut répondre au trouble des esprits qui se tournent vers lui qu'en les installant dans une représentation pleinement cohérente, qui n'offre pas la moindre prise au doute, la moindre faille à l'inconnu et à l'inquiétude. Il lui faut, pour sécuriser les âmes, les établir dans un ordre totalement clos qu'évoquent les comparaisons de la philosophie à un verger, ou à un œuf, métaphores classiques dans le stoïcisme.

La philosophie, qui comporte trois parties étroitement solidaires (la physique, l'éthique et la logique), est en effet comme un verger aux fruits abondants : la physique est figurée par la croissance des plantes, l'éthique par la fertilité des fruits, la logique par la solidité de la clôture. D'autres disent qu'elle est comme un œuf, le jaune voire le poussin représentant l'éthique, le blanc qui le nourrit la physique et la coquille qui le protège la logique[1].

1. D'après Sextus Empiricus, médecin et philosophe du deuxième siècle de notre ère, qui est une de nos sources sur le stoïcisme dont les ouvrages fondateurs sont aujourd'hui perdus. On voit, d'après ces images, toute l'importance reconnue à la morale (*cf. Manuel*, LII).

THÈMES
ET PROBLÉMATIQUES

LA DOCTRINE D'ÉPICTÈTE

Par où commencer ? Dans cette « philosophie-bloc[1] », tout se tient ; tirons n'importe quel fil et tout l'écheveau se dévide. Quelle que soit la voie d'accès choisie, tous les chemins finissent par se rejoindre à l'intérieur du système et par y décrire un circuit complet. C'est pourquoi, aucun itinéraire ne prévalant, nous choisirons de partir de la quête du bonheur… puisque aussi bien c'est *la* question que son temps impose à Épictète. Ce choix n'est d'ailleurs nullement arbitraire : en effet, parmi les trois parties traditionnelles de la philosophie, le stoïcisme a, de tout temps, subordonné à la question morale les recherches physiques sur la nature et l'étude logique des procédés du discours. Comment vivre ? que faire pour être digne du nom d'homme ? Voilà la priorité. Mais Épictète accentue encore cette tendance, au point de négliger tout effort spéculatif qui n'aurait pas pour fin d'éclairer ou d'affermir la pratique. Héritier des anciens stoïciens, mais aussi enfant naturel du cynisme, il se veut, avant tout, apôtre du salut et du bonheur.

LES HOMMES SONT FAITS POUR LE BONHEUR

Harmonie du ciel et de la terre, du soleil et de la mer, luxuriance de la végétation, senteurs, musiques, lumière, générosité de la nature et des hommes… la Grèce est traditionnellement le pays de l'art de vivre. Entre passion et raison, exaltation et mesure, elle sacrifie à Dionysos et Apollon, et cultive depuis toujours le bonheur. Mais celui-ci est aussi toujours une idée neuve, une exigence à redécouvrir et une quête à reprendre à zéro… surtout à l'époque troublée que vit Épictète. Tous les hommes veulent le bonheur, mais la plupart en ont perdu le secret

1. E. Bréhier, *Chrysippe et l'ancien stoïcisme*, Paris, 1910.

et se précipitent vers des contrefaçons. Le monde est une « foire », dit Épictète, où « des gens, comme les bêtes, ne s'inquiètent de rien que de l'herbe », c'est-à-dire de ce qu'ils peuvent « avoir » : « champs, serviteurs, magistratures[1] ». Gardons-nous de la confusion des épicuriens[2], ces contemporains et concurrents qu'Épictète tient pour des faussaires : le bonheur ne peut être réduit à une somme de plaisirs, encore moins à l'absence de douleur. Le plaisir est en effet une grandeur mesurable, une quantité variable, alors que le bonheur est d'ordre qualitatif. Le plaisir est instable et impur, alors que le bonheur est comparable à une eau étale, que rien ne vient agiter ni troubler. Quant à une définition purement négative du bonheur, elle ne saurait combler un cœur humain ; « l'être heureux doit recevoir tout ce qu'il désire et donner l'image d'un homme comblé[3] ». L'exigence du bonheur prend donc, chez Épictète, la forme d'un absolu.

Il ne réserve pas pour autant cette félicité suprême à la divinité, comme Platon et Aristote. Loin d'être le privilège d'un être éternel, jouissant, dans l'identité et l'immutabilité, d'un état de plénitude, le bonheur doit se réaliser dans le temps… et maintenant ! Il doit être en effet à portée de main *(main-tenant)*, saisissable, et non pas glisser vers un futur illusoire et des promesses de lendemains qui chantent. La seule réalité, c'est le présent, le temps actuel, c'est-à-dire celui des actes. Le passé et l'avenir, la nostalgie et l'espoir ne peuvent engendrer que des chimères car le temps est inconsistant ; c'est, pour les stoïciens, un « incorporel[4] », un quasi-non-être réduit à l'écoulement, à la fuite. Le temps n'acquiert une réelle densité que par une tension qui maintient sa dispersion et suspend son vol. Seul l'effort d'attention de l'homme peut stabiliser le temps, retenir son évanescence et dilater l'instant aux dimensions de l'action qui se déploie en lui. Être passif, c'est se laisser emporter par le cours du temps et des choses. Agir, c'est non seulement ne plus voir le temps passer, mais véritablement l'immobiliser, ou, plus exactement, le contenir et le tendre dans le mouvement même de l'action. Le bonheur est un état stable qui ne peut trouver place que dans un temps stabilisé. C'est dire qu'il sera lui-même actif autant qu'actuel. Le bonheur est un présent divin qui revient à celui qui, par sa présence active, sait

1. *Entretiens*, II, XIV, 24. \ **2.** *Cf.* Glossaire, p. 109. \ **3.** *Entretiens*, III, XXIV, 17. \ **4.** *Cf.* Glossaire, p. 112.

vivre la densité du présent temporel. Il se donne à qui s'adonne à ce qui est. Il ne faut donc pas chercher le bonheur loin du devenir, dans la transcendance de l'éternité, pas plus que dans des échappées qui troueraient le lugubre devenir d'illuminations soudaines, moments d'équilibre parfait comme des éclats d'éternité. Il se trouve dans l'adhésion intense, et constamment renouvelée, au devenir, laquelle suffit à transfigurer celui-ci.

Épictète enseigne à jouir du bonheur ici et maintenant. C'est en toute innocence, avec une belle santé et une nature généreuse, qu'il recueille au fond de l'homme l'aspiration au bonheur et qu'il lui propose les moyens de sa réalisation. Le bonheur est la fin suprême de la volonté... et de l'action bonne, qui devient un moyen en vue de cette fin. On est aux antipodes du rigorisme et du puritanisme qui, plus tard, conduiront Kant à n'assigner d'autres fins qu'elles-mêmes à la volonté et l'action bonnes. Pour une sensibilité chrétienne en effet, la nature est corrompue par le péché, ses tendances spontanées sont contaminées, elles doivent être purifiées par une stricte obéissance à la loi et une douloureuse ascèse. La vertu est austère. Et si elle est finalement justifiée et auréolée par la promesse de la béatitude éternelle dans l'au-delà, c'est uniquement dans la mesure où elle n'a pas intégré cette compensation à ses calculs, où même elle n'a pas calculé... Le bonheur est, paradoxalement, une prime à la gratuité de l'effort moral. Rien de tel chez Épictète, qui n'a que faire de la perspective d'un bonheur *post mortem* et d'un paradis pour âmes immortelles. Socrate pouvait évoquer[1] son prochain séjour chez Hadès, parmi tous les héros des anciens temps, et imaginer la béatitude éternelle des âmes justes[2]. Épictète brise là le rêve et ramène le bonheur aux dimensions de la vie terrestre. La mort n'ouvre pas les portes du bonheur car rien de notre être personnel ne lui survit. Elle est une dispersion de tous les éléments qui nous composent, corps et âme, et leur retour à la totalité de la nature sur laquelle ils avaient été temporairement prélevés. Elle n'est pas pour autant une faillite du bonheur... « Viens, nous dit-elle. Où cela ? Nulle part où il y ait à redouter : parmi les êtres qui te sont amis et parents, à savoir les éléments d'où tu es venu. Tout ce qu'il y a en toi de feu ira au feu, tout

1. Platon, *Apologie de Socrate*, 41a-c. \ **2.** Platon, *Phédon*, 114b-c.

ce qu'il y a de terre à la terre, tout ce qu'il y a d'air à l'air, tout ce qu'il y a d'eau à l'eau. Il n'y a pas d'Hadès, ni d'Achéron ni de Cocyte[1]... ».

Comment donc trouver, ici et maintenant, le vrai bonheur ? Être heureux, c'est s'épanouir, concrétiser toutes les virtualités qu'on porte en soi, réaliser toutes ses tendances. Le bonheur est, pour chaque être, le développement et l'affirmation de sa nature ou de son essence. Son bonheur est en lui-même. « Hélas ! hommes, où vous portez-vous ? Que faites-vous, malheureux ? Comme des aveugles, vous roulez sans direction, vous quittez la bonne route pour en prendre une autre ; vous cherchez le bonheur et la félicité où ils ne sont pas. Pourquoi les cherchez-vous ailleurs qu'en vous-même[2] ? ». Le bonheur est une vertu, il est même la synthèse et le couronnement de toutes les vertus dans la mesure où celles-ci concourent au bien véritable de l'individu. La vertu[3], c'est en effet l'excellence, l'épanouissement de l'être ; dans ce mot, la langue grecque conjugue le bien et le bonheur, la moralité et la félicité[4]. Les stoïciens font dériver toutes les vertus (pudeur, loyauté, justice, prudence, etc.) de la tendance fondamentale de l'être, qu'ils nomment l'*oikéiôsis*[5] ou appropriation. Le mot est construit sur la racine « maison, demeure familiale » et il évoque donc le « chez soi » ; il désigne ici le mouvement naturel qui porte tout être vivant d'une part à se rapporter à ce qui lui est propre, d'autre part à s'approprier ou s'assimiler ce qui, dans son milieu, est nécessaire à sa survie et à son intégrité physique. C'est à la fois un mouvement d'ouverture de l'être qui appréhende les éléments extérieurs en fonction de la valeur positive ou négative qu'ils présentent pour lui, et un mouvement de recentrement sur soi. L'*oikéiôsis* couvre tout ce qui s'étend de l'instinct de conservation à l'amour de soi et c'est en elle que s'enracine l'aspiration au bonheur.

« Quand un cheval est-il malheureux ? Quand il est privé des facultés dont la nature l'a doué ; non pas quand il ne peut pas crier, mais quand il ne peut pas courir. Et le chien ? Est-ce quand il ne peut pas voler ? Non, mais quand il ne peut pas suivre une piste[6]. » De même, l'homme est malheureux quand « il a perdu ce qui était proprement à lui[7] ». Qu'est-

1. Les deux fleuves des Enfer ; *Entretiens*, III, XIII, 14-15. \ **2.** *Entretiens*, III, XXII, 26-27. \ **3.** *Cf.* Glossaire, p. 119. \ **4.** Alors que Kant aura, au contraire, à penser leur divorce et leur réconciliation, dans un monde empoisonné par le péché originel. \ **5.** *Cf.* Glossaire, p. 114. \ **6.** *Entretiens*, IV, V, 13. \ **7.** *Ibid.*, 15.

ce à dire ? Qu'est-ce que l'homme ? C'est certes un être vivant, un animal : la pensée stoïcienne ne procède pas par coupure et clivage ; c'est un monisme[1] qui ne sépare pas, mais intègre et hiérarchise les différents plans du réel. Le fonds biologique de l'homme s'exprime dans des tendances qui sont bonnes et doivent être assumées et non refoulées. Mais il est recouvert par les attributs de la nature proprement humaine ou, plus exactement, réorganisé en fonction d'eux et incorporé à eux. L'homme est avant tout liberté : il a le libre usage des facultés qui le spécifient comme homme et, par là, il a le contrôle de tout ce qu'intègre sa nature d'homme. C'est pourquoi le bonheur humain se confond avec l'épanouissement de la liberté. « Car qu'est-ce que cherche un homme ? À vivre calme et heureux, à faire tout ce qu'il veut sans en être empêché et sans y être contraint[2]. »

POUR ÊTRE HEUREUX, LES HOMMES DOIVENT ÊTRE TOTALEMENT LIBRES

La liberté n'est donc que l'expression proprement humaine de l'*oikéiôsis*, cette tendance fondamentale qui attache l'être à lui-même et le pousse à s'affirmer. L'autonomie est la forme que prend chez l'homme l'instinct de conservation propre à l'animal. « Ce n'est point égoïsme ; l'être vivant est ainsi fait de naissance ; il fait tout pour lui. Le soleil aussi fait tout pour lui, et Zeus lui-même ne fait pas autrement[3]. » La nature de l'homme est celle d'un être libre, et, de même qu'Épictète vise un bonheur absolu, il fait droit sans la moindre réserve à l'exigence de liberté des hommes. La liberté est totale ou n'est pas ; la moindre entrave ou restriction corrompt son essence et la supprime. « Est libre celui qui est comme il veut, qu'on ne peut ni contraindre ni empêcher ni forcer, dont les volontés sont sans obstacles, dont les désirs atteignent leur but, dont les aversions ne rencontrent pas l'objet détesté[4]. » Épictète appuie aussitôt cette déclaration par une anecdote qui en montre toute la portée : un homme politique éminent, de famille noble, consul et ami

1. Du grec *monos*, un seul : doctrine qui, dans une inspiration typiquement orientale, professe l'unité fondamentale de tout ce qui est (matière, vie et esprit, corps et âme, monde et Dieu) et s'oppose au dualisme qui divise et sépare. \ **2.** *Entretiens*, IV, I, 46. \ **3.** *Entretiens*, I, XIX, 11. \ **4.** *Entretiens*, IV, I, 1.

de l'empereur, se targue de liberté en ajoutant qu'il n'est soumis qu'à la seule autorité de l'empereur. Épictète lui met alors sous les yeux son inconséquence : « Voilà donc pour toi un maître que tu avoues toi-même. Qu'il soit, comme tu dis, le maître de tout le monde, cela ne te laisse que la triste consolation d'être esclave dans une grande maison. »

Parce que la liberté est un absolu (comme dans l'existentialisme sartrien où l'homme est « condamné à être libre »), même les obstacles auxquels elle se heurte sont encore suscités par elle, le « coefficient d'adversité des choses » dépendant de ses choix. « Tel rocher, qui manifeste une résistance profonde si je veux le déplacer, sera, au contraire, une aide précieuse si je veux l'escalader pour contempler le paysage[1]. » Les choses ou les situations ne sont pas un obstacle en soi, elles le sont seulement en fonction du projet ou du désir qui nous met aux prises avec elles. De sorte que c'est toujours la liberté qui a le premier et le dernier mot. Nous ne dépendons des choses extérieures que dans la mesure où nous voulons bien en dépendre, et la liberté ne peut donc être défaite que si elle renonce à elle-même. Son asservissement est toujours une démission, et les causes qu'elle peut alors invoquer, des alibis. « La volonté ne peut être vaincue que par elle-même[2] » ; « rien d'extérieur à la volonté ne peut l'entraver ou la léser, si elle ne se fait obstacle à elle-même[3] ».

L'affirmation est tranchante... Elle ne laisse pourtant pas de faire problème, à l'intérieur même de la pensée stoïcienne. Précisons d'abord les données de ce problème en prolongeant la comparaison avec Sartre. On s'est demandé si le postulat sartrien d'une liberté absolue ne conduisait pas à sous-estimer le poids des déterminismes sociaux, à escamoter l'impact de facteurs ou d'environnements destructeurs, et, finalement, à nier le mécanisme de l'aliénation sociale. Ce qui serait assez paradoxal dans le cadre d'une doctrine qui, fondant la liberté, justement, sur la négation d'une nature humaine, devrait reconnaître qu'avant d'être « ce qu'il se fait », l'homme est d'abord fait par la société. Chez Épictète, le même postulat conduit à une position ambiguë à propos du corps. D'une part, Épictète souscrit au matérialisme stoïcien pour lequel il n'y a de réalité que corporelle, l'âme elle-même (y compris

1. J.-P. Sartre, *L'Être et le Néant*, IV, 1, 2. \ 2. *Entretiens*, I, XXIX, 12. \ 3. *Entretiens*, III, XIX, 2.

l'âme divine du cosmos) étant identifiée à un souffle de feu. Pour les stoïciens, en effet, il ne peut y avoir d'autres êtres que matériels dans la mesure où, pour agir les uns sur les autres et pour exercer une action comme pour la subir, ils doivent être constitués d'une substance corporelle mêlant air, terre, eau ou feu. Les dieux eux-mêmes sont des êtres corporels dont la substance est feu ou énergie, et ce que les stoïciens appellent les « incorporels » (comme le vide, le lieu ou le temps)[1] ne peuvent être dits exister, de manière déterminée, qu'à partir du moment où des corps prennent place en eux, où donc ils s'incorporent quelque peu. Héritier de ce monisme matérialiste, Épictète ne peut que valoriser le corps. Mais, d'un autre côté, il incline vers un dualisme de type platonicien qui sépare et oppose le corps et l'esprit ; il considère alors le corps comme un poids mort, un élément terreux et étranger, qui tire l'âme vers le bas. Pour maintenir l'idée que l'homme est toujours et totalement libre, Épictète est donc conduit à le désolidariser de son corps et à traiter celui-ci (contre le monisme et l'orthodoxie matérialistes du stoïcisme) comme une réalité étrangère au moi. « Le corps est esclave de la fièvre, de la goutte, de l'ophtalmie, de la dysenterie, d'un tyran, du feu, du fer, de tout ce qui est plus fort que lui... Comment alors rien de ce qui appartient au corps peut-il être sans obstacle ? Quelle grandeur, quelle valeur peut avoir un être qui est par nature un cadavre, de la terre, de la boue[2] ? » Et Épictète de proclamer vigoureusement que le sage saura « cracher son corps entier à la face de quiconque » voudrait faire physiquement pression sur lui[3].

Apôtre de la liberté absolue, Épictète n'est pas pour autant un apologiste du laisser-aller, du débridement et de l'anarchie. Il ne faut pas confondre liberté véritable et choix arbitraire. Une volonté déboussolée, qui suit tous les désirs et cède aux impulsions intérieures comme aux sollicitations extérieures, n'est pas une volonté libre. Elle s'aliène, au contraire, et dégrade sa propre essence. La liberté ne consiste pas à vouloir n'importe quoi, n'importe comment. Elle a des règles, comparables à des lois de fonctionnement, et, à vouloir en user sans respecter ces règles, on ne peut que la détruire. La mise en garde d'Épictète n'autorise pas la moindre complaisance... « L'homme libre, c'est celui à qui tout advient selon sa volonté, celui à qui personne ne peut faire obstacle.

1. *Cf.* Glossaire, p. 112. \ **2.** *Entretiens*, III, XXII, 40-41. \ **3.** *Entretiens*, III, XXIV, 71.

Quoi ? La liberté serait déraison ? Bien loin de là ! Folie et liberté ne vont pas ensemble. — Mais je veux qu'arrive tout ce qui me paraît bon, quelle que soit la chose qui me paraît telle. — Tu es fou, tu déraisonnes. Ne sais-tu pas que la liberté est belle et estimable ? Vouloir au hasard qu'adviennent les choses qu'un hasard me fait croire bonnes, voilà qui risque de ne pas être une bonne chose et même d'être la plus laide de toutes. Comment procédons-nous quand il s'agit d'écrire ? Est-ce que je peux écrire à ma fantaisie le nom de Dion ? Non pas ; mais on m'apprend à l'écrire comme il doit l'être. Et en musique ? C'est la même chose. [...] Et ici, où il s'agit de la chose la plus importante, de la chose capitale, de la liberté, me serait-il donc permis de vouloir au hasard ? Nullement...[1] ».

La liberté authentique est donc une liberté réglée. Si elle rejette toute contrainte extérieure, elle obéit à une nécessité qui lui est propre. Et cette loi interne de la liberté, c'est la raison. Il s'agit en effet de savoir ce qui, dans ce que j'appelle « moi » ou « mien », constitue le noyau dur, la source de mon identité vraiment personnelle. Être libre, c'est exprimer son moi ; mais qu'est-ce qui est MOI ? Qu'est-ce qui est moi et non pas seulement (et plus ou moins) à moi ? Qu'est-ce qui est le foyer intime et véritable de mon être[2] ? On sait déjà que mon corps, pas plus que mes propriétés (au double sens de mes possessions et de mes particularités), ne me constituent en propre. Ils me sont encore trop extérieurs, tangents, contingents. De même, mes désirs sont toujours une sorte d'aliénation : sous leur empire, je ne suis plus tout à fait moi-même, mais je dépends des objets que je convoite et aussi des autres hommes dont j'espère obtenir la reconnaissance (l'envie, l'admiration...) en m'appropriant ces objets. Non, ce qui me caractérise vraiment, au cœur même de mon humanité, c'est le *logos*, la raison. Paradoxalement, la raison m'approprie vraiment à moi-même et renforce au maximum mon autonomie individuelle, en même temps qu'elle traduit mon appartenance au tout et m'ouvre à l'universel. La raison en effet est tout entière en chacun, et identiquement en tous. Elle est la marque de l'humanité en chaque homme (cet animal doué de raison, disent les Grecs) et donc son bien le plus personnel. Mais elle est aussi le bien commun à tous les hommes, le meilleur moyen pour eux de surmonter

1. *Entretiens*, I, XII, 9-15. \ **2.** *Cf.* Glossaire : *Oikéiôsis*, p. 114.

leurs divisions, de s'accorder et de réaliser le consensus. Elle concilie donc l'un et le multiple, l'individualité et l'universalité, la partie et le tout. Elle réalise ainsi l'essence même de l'homme, simple élément du cosmos qui est aussi, en lui-même, un microcosme, c'est-à-dire une infime partie du tout dont la vocation est pourtant de reproduire, dans son être et dans sa vie, l'harmonie de ce tout. Être authentiquement libre, c'est donc obéir à la loi interne prescrite par la raison, autrement dit être autonome (de *autos*, par soi-même, et *nomos*, loi ou règle).

ÊTRE LIBRE, C'EST SUIVRE LA RAISON

Mais que prescrit la raison ? Bien sûr, elle ne peut vouloir que ce qui est raisonnable : elle détermine le contenu et les objets de la volonté en même temps qu'elle en règle les mouvements. Mais comment savoir ce qui, toujours et partout, est raisonnable ? D'accord avec la tradition stoïcienne, Épictète admet que tous les hommes disposent de « prénotions[1] ». Celles-ci sont des principes généraux, implantés en nous dès la naissance ou bien acquis spontanément pendant l'enfance, sur la base de l'expérience sensible. Elles nous instruisent sur les valeurs et exigences morales les plus générales, sur les objectifs universels de la volonté. « Le bien et le mal, le convenable et son contraire, le bonheur et le malheur, l'utile et le nuisible, ce qu'il faut faire et ne pas faire : qui arrive sur terre sans avoir de toutes ces choses une notion naturelle[2] ? » Mais si nous sommes instruits par la nature de certaines choses, partant de là, nous prétendons tout savoir et nous jugeons de tout, dogmatiquement et imprudemment. Or le simple constat des divergences et des conflits entre les hommes, de la relativité de leurs opinions et de leurs coutumes, devrait nous inciter à plus de réserve. La difficulté est en effet d'« appliquer les prénotions communes aux situations particulières[3] ». Épictète revient inlassablement sur ce décalage entre les grands principes structurels et les conjonctures variables dans lesquelles il faut bien les traduire. « Voilà, dit-il, pour les hommes la cause de tous les maux[4] », car il ne faut pas chercher ailleurs la source de leurs erreurs de jugement et de leurs dissensions.

1. *Cf.* Glossaire, p. 115. \ **2.** *Entretiens*, II, XI, 3. \ **3.** *Entretiens*, IV, I, 42. \ **4.** *Ibid.*

Pourtant sa pensée reste ambiguë : s'agit-il d'une incertitude humaine, quant à l'application, ou d'une contradiction réelle entre un principe absolu et une situation concrète toujours relative ? Autrement dit, y a-t-il, dans le domaine pratique, des exigences universelles qui s'imposent à tous de la même manière, même si nous ne savons pas toujours les retrouver dans la complexité et la diversité du vécu ? Ou bien ces dernières imposent-elles, en fait, des exigences multiples et variables ? Épictète affirme que nous avons tous à tenir notre « rôle d'homme », rôle commun distinct de celui des bêtes ; mais c'est pour le spécifier aussitôt en fonction de la position concrète de chacun : « À toi ton rôle, à moi le mien[1]. » Non seulement le bien et le mal n'apparaissent pas identiquement à l'athlète et au philosophe, par exemple, mais, réellement, ils ne sont pas les mêmes pour l'un et pour l'autre. Alors la question rebondit : « Comment chacun de nous saura-t-il ce qui répond à son rôle[2] ? » Épictète répond : « Comment le taureau, quand survient un lion, connaît-il tout seul ses propres aptitudes et se jette-t-il en avant du troupeau pour le protéger ? N'est-il pas évident que c'est au moment même où il manifeste ces aptitudes qu'il en prend conscience[3] ? » Autrement dit, il faut se laisser porter par la nature…

La suggestion reste assurément bien vague, mais elle montre que la réponse à toutes nos questions sur ce qui est raisonnable est à chercher dans la nature. Le comportement rationnel, qui est donc aussi la clé de la liberté et du bonheur, devra se conformer à la nature. Pour fonder la morale, Épictète s'engage dans un détour par la physique, au long duquel il suit l'enseignement des stoïciens.

LA RATIONALITÉ EST INSCRITE DANS LA NATURE

Pour voir la nature, telle qu'en elle-même, il faut prendre quelque distance par rapport aux soucis et à l'affairement quotidiens, il faut venir à « cette foire qu'est le monde », non pas pour participer à l'agitation générale, mais avec « le goût de la contemplation », en se demandant « ce qu'est le monde et qui le gouverne[4] ». On peut alors embrasser la nature du regard, et il devient évident qu'elle est un *cosmos*[5], c'est-à-dire un ensemble ordonné et cohérent, animé par un *logos*[6], une raison

1. *Entretiens*, I, II, 21. \ **2.** *Ibid.* \ **3.** *Entretiens*, I, II, 30-31. \ **4.** *Entretiens*, II, XIV, 23-24. \ **5.** *Cf.* Glossaire, p. 104. \ **6.** *Cf.* Glossaire, p. 113.

souveraine. Les choses apparaissent merveilleusement adaptées les unes aux autres, chacune assignée à une fin précise et harmonieusement intégrée à l'ensemble. Rien n'advient au hasard ou par accident, tout au contraire a un but, tout est régi par les causes finales, et le finalisme est partout triomphant, dans la production des moindres phénomènes comme dans leur enchaînement global. Comme le disent joliment les stoïciens, le monde est en « sympathie universelle ».

« N'as-tu pas l'impression que toutes les choses sont unies les unes aux autres ? Que celles de la terre sont en sympathie avec celles du ciel ? D'où leur vient une telle régularité, comme si la divinité donnait des ordres ? Lorsqu'elle dit aux plantes de fleurir, elles fleurissent ; lorsqu'elle leur dit de germer, elles germent ; de produire des fruits, elles les produisent ; de les faire mûrir, ils mûrissent ; de les laisser tomber, ils tombent ; de perdre leurs feuilles, elles les perdent ; de se replier sur elles-mêmes en restant inactives, elles le font. D'où vient que de si grandes transformations, que ces changements en sens inverse sont en rapport avec la croissance et le déclin de la lune, l'approche et l'éloignement du soleil ? Or, si les végétaux et nos propres corps sont ainsi liés à l'ensemble des choses et en sympathie avec lui, nos âmes ne le sont-elles pas encore beaucoup plus[1] ? » Tous les éléments du monde sont donc en correspondance, en affinité entre eux. Surtout ils sont liés par un ordre causal qui est un ordre de succession dans le temps. Comme les parents cèdent la place aux enfants, dans l'ordre des générations, de même dans le « cycle universel[2] », tous les éléments disparaissent pour qu'apparaissent des éléments nouveaux. Ainsi la mort elle-même se trouve intégrée et justifiée dans le plan cosmique : elle est négation du point de vue des individualités, mais elle affirme la continuité de l'être et de la vie. Elle est condition du renouveau, signe de la fécondité et de la vitalité de l'univers. « La fête a une fin ; va, retire-toi en homme reconnaissant et discret. Fais place à d'autres… Si les premiers ne s'en vont pas, que reste-t-il aux suivants[3] ? »

Épictète illustre cette vision finaliste par des exemples empruntés surtout à l'ordre biologique. On l'a vu admirer à l'instant la correspondance entre les processus les plus intimes de la vie, les saisons et les mouvements

1. *Entretiens*, I, XIV, 1-6. \ **2.** *Entretiens*, IV, I, 100. \ **3.** *Entretiens*, IV, I, 106.

des astres. Il s'émerveille aussi souvent devant la différence et la complémentarité des sexes ; ou encore devant le phénomène de la vision : quel accord prodigieux entre l'œil et le visible, l'air et la lumière, pour qu'instantanément nous puissions franchir l'espace qui nous sépare des objets ! La science occidentale nous a habitués à voir la nature de manière mécaniste et analytique : le monde matériel, supposé inerte et étendu, est regardé comme une multitude d'objets distincts, eux-mêmes constitués de « briques » atomiques élémentaires et assemblées en une gigantesque machine. À l'opposé, comme dans toute la tradition orientale, le monde d'Épictète est de nature organique. Toutes choses, tous phénomènes sont interdépendants, et ne sont que des aspects différents ou des manifestations d'une seule et ultime réalité. Diviser le monde en objets séparés, percevoir l'individu comme une entité isolée et figée, est une illusion. Le mécanisme privilégie la dimension spatiale ; il faut réinjecter le temps et la durée dans notre vision du monde. Elle devient alors dynamique et synthétique et peut considérer la fluidité d'un cosmos en perpétuel changement, réalité continue, éternellement mouvante et vivante, à la fois spirituelle et matérielle. L'univers est un tissu dynamique d'éléments et d'événements interdépendants.

La notion de « sympathie universelle » (qu'Épictète n'hésite pas à commenter en termes d'« amitié ») a déjà des connotations lyriques. Plutôt que de recourir à des concepts qui figent et enserrent, Épictète use de nombreuses métaphores :

— Temporelle : « Je suis un homme, une partie de l'univers comme l'heure est une partie du jour ; il me faut être présent comme l'heure et passer comme elle.[1] »

— Organique : hors de ta dépendance au Tout, « tu ne serais même plus un homme, pas plus qu'il n'y aurait de pied sans le corps[2] ».

— Politique : « Qu'est-ce que l'homme ? Une partie de la cité, de la cité première faite des hommes et des dieux et de celle qui s'en approche le plus et qui est une petite image de la cité universelle[3] ».

— Ludique : le monde est comparé à « un cortège en fête[4] », à « un banquet[5] », à une représentation théâtrale[6]. Toutes ces métaphores soulignent l'unité dynamique et mélodique du réel.

1. *Entretiens*, II, V, 13. \ **2.** *Ibid.*, 26. \ **3.** *Ibid.*, 26. \ **4.** *Entretiens*, IV, 1, 105. \ **5.** *Manuel*, XV. \ **6.** *Manuel*, XVII.

Pour rester sourd au « chant du monde », il faut avoir « rompu la mesure en insistant plus que de raison sur une note de la mélodie[1] ». Autrement dit, il faut avoir isolé et exagéré un détail, ce qui est toujours la conséquence du péché d'égocentrisme. C'est en effet quand on juge le cours des choses de son propre point de vue limité, en focalisant son attention sur l'événement dont on est témoin, enjeu ou victime, que la discordance et le mal s'introduisent. Dans le monde finalisé des stoïciens, il n'y a pas place pour le mal : celui-ci n'est qu'une illusion d'optique, ou, mieux, un défaut de vision, une myopie, Des événements nous paraissent horribles et monstrueux parce que, trop impliqués en eux, nous les détaillons comme à la loupe. À isoler une partie d'un tout, on perd de vue son insertion dans l'ensemble et le rôle qu'elle joue dans l'harmonie de ce tout ; c'est alors qu'elle paraît difforme, absurde, irrationnelle. Notre sentiment d'un mal naturel, d'une négativité dans l'Être, vient de ce que, le regard collé à l'événement, nous manquons du recul nécessaire à la perception de toute la série des antécédents et des conséquents[2]. Victimes ou témoins immédiats, nous sommes trop engagés pour comprendre (c'est-à-dire prendre ensemble, saisir de manière synthétique). De même qu'il y a une distance idéale pour contempler la beauté d'un tableau, il faudrait ainsi le regard de la divinité, qui embrasse tout, pour considérer en quoi chaque détail concourt à l'harmonie de l'ensemble.

Pourtant, on pourrait reprocher à la vision cosmique d'Épictète d'être encore très anthropocentrique. Il pense en effet dans un monde où les révolutions de Copernic et de Darwin n'ont pas encore détrôné et marginalisé l'être humain, en lui découvrant que la Terre n'est qu'une planète de banlieue, et que lui-même n'est qu'un mutant de primate. Dans l'ordre du monde que nous présente Épictète, l'homme occupe une place privilégiée et l'univers s'ordonne à ses besoins. « La divinité donne à chaque animal la constitution qu'il faut pour nous servir de nourriture, pour nous aider au labourage, pour nous fournir du fromage ou pour quelque service analogue. La nature a mis à notre disposition les êtres nés pour nous servir[3]. » L'homme apparaît comme le couronnement, le sens et la fin du monde matériel et vivant, ce qui suffit à fonder objectivement

1. H. Bergson, *Essai sur les données immédiates de la conscience*, II. \ **2.** *Manuel*, XXIX. \ **3.** *Entretiens*, I, VI, 18 ; I, XVI, 4.

ses interprétations et jugements les plus subjectifs. Ainsi, Épictète n'hésite-t-il pas à justifier la barbe au menton des hommes par une intention de la nature : celle-ci facilitant la reconnaissance des sexes par un signe ostensible et combien plus séduisant que « la crête des coqs et la crinière des lions[1] ».

Mais, par ailleurs, la vision organiciste et finaliste d'Épictète ne manque pas de grandeur quand il célèbre la fraternité universelle des hommes, des dieux et du monde. Il arrache l'homme à ses solidarités étriquées et à ses intérêts mesquins pour voir en lui un « citoyen du monde ». C'est là que le monisme des stoïciens prend toute sa force. Par-delà les clivages culturels, sociaux ou psychologiques, tous les hommes sont frères, membres de « la société naturelle des hommes entre eux[2] ». « Conscients de l'enchaînement universel », ils sont aussi une « partie du monde », comme une main ou un pied sont une partie de l'organisme. Mais « une main ou un pied qui sauraient raisonner et auraient conscience de l'organisme naturel dont ils sont des parties[3] » ; car la tâche propre de l'homme est de porter à la conscience, à la réflexion, cette trame du monde dans laquelle il n'est lui-même qu'un fil. Enfin, dans ce monde harmonieux, il n'y a pas de coupure entre les hommes et les dieux ; ces derniers ne campent pas dans une transcendance[4] hautaine et lointaine ; ils sont une force immanente[5], une et multiple, qui circule dans le monde. Sa conscience permet à l'homme de s'identifier à eux et de parfaire l'osmose cosmique. Une vision aussi généreuse, un cosmopolitisme[6] aussi universel ne pouvaient émerger que dans le cadre historique de l'Empire, de cet immense brassage qui balaya les limites des cités et des États indépendants. Il s'agit d'une conversion positive de ce qui avait d'abord pris la forme d'un détachement négatif, chez les philosophes cyniques[7] qui se sont voulus de nulle part et, armés de la besace et du bâton, se sont voués à l'exil et à l'errance.

LA NATURE EST L'ŒUVRE D'UNE PROVIDENCE DIVINE

Mais une telle vision de la nature va surtout opposer Épictète à l'épicurisme[8]. Cette doctrine, en effet, dont le premier décret est de séparer

1. *Entretiens*, I, XVI, 10-14. \ **2.** *Entretiens*, II, XX, 6-7. \ **3.** *Entretiens*, II, X, 3-4. \ **4.** *Cf.* Glossaire, p. 112. \ **5.** *Idem.* \ **6.** *Cf.* Glossaire, p. 103. \ **7.** *Cf.* Glossaire, p. 103 et p. 106. \ **8.** *Cf.* Glossaire, p. 109.

radicalement le monde des dieux et celui des hommes, prétend rendre compte de la nature en termes purement matérialistes et mécanistes : par la chute des atomes dans le vide, et par leur collision et leur agrégation à la suite d'une déviation fortuite appelée *clinamen*. Épictète ne peut admettre le rôle exorbitant ainsi dévolu au hasard. « Comment est-il possible... qu'une organisation si grande et si belle soit régie avec un ordre si parfait au hasard et par accident ?[1] » Le hasard est, par définition, synonyme de dispersion et de désordre ; on ne voit pas comment il pourrait produire de la régularité et de la cohérence. C'est pourquoi il faut admettre l'existence d'un être qui gouverne le monde, d'« un maître de maison qui ordonne chaque détail... dans la grande cité [du monde][2] ». C'est déjà l'argumentation téléologique[3] de Voltaire : « L'univers m'embarrasse, et je ne puis songer que cette horloge existe et n'ait point d'horloger. »

Mais, pour les stoïciens, le dynamisme propre à la nature interdit qu'on la traite comme une matière inerte, ouvrée de l'extérieur par un dieu artisan. On n'a plus affaire à la matière brute, façonnée par le démiurge platonicien du *Timée*, ni à la série étendue des moteurs que doit mettre en branle, selon Aristote, le Premier Moteur, immobile et transcendant. Il s'agit d'une puissance qui se meut elle-même, d'un Être multiforme, doué de volonté, qui dessine lui-même ses propres buts. S'impose, à nouveau, le modèle de l'organisme : ses multiples organes ont une réelle individualité et sont pourtant subordonnés au tout, dont les niveaux d'organisation s'emboîtent hiérarchiquement les uns dans les autres ; chacun de ses aspects ou éléments est en même temps moyen et fin. Or un organisme est irréductible à une machine, parce qu'il a la propriété de s'autoréguler et de produire ses « parties » par différenciation au sein du tout. L'énergie vitale, le principe fondamental et omniprésent, c'est le feu. Un feu qui se concentre et explose en alternance, puisque le monde est périodiquement détruit par embrasement, avant de renaître du feu. Feu qui circule dans toute la nature et l'anime, se diversifie, se métamorphose, gicle en des myriades d'êtres. Ce feu matériel est l'âme divine du monde, qui tend et détend la volonté de la nature et des êtres,

1. *Entretiens*, II, XIV, 26. \ **2.** *Entretiens*, III, XXII, 4. \ **3.** Du grec *telos*, fin, but : qui se rapporte à la finalité. E. Kant appelle « téléologique » une des preuves traditionnelles de l'existence de Dieu fondée sur la considération de l'harmonie et de l'adaptation des moyens et des fins dans l'univers.

qui s'éparpille dans la multitude des âmes individuelles et les rassemble dans un ordre unique.

Fidèle au stoïcisme, Épictète est panthéiste et polythéiste. Le divin, c'est le principe actif et immanent[1] de la nature, sous la forme corporelle du feu qui concilie matière et esprit. Si Épictète en parle comme du « créateur », de l'« administrateur », du « législateur » de l'univers, c'est seulement en tant qu'on peut distinguer dans le corps du monde un principe actif et un principe passif. N'y voyons aucun indice de transcendance[2]. S'il affirme, contre les épicuriens, l'existence des dieux de la mythologie, « Déméter, Corè, Pluton » et « les autres dieux[3] », c'est en tant qu'ils représentent les changements de saisons, le régime des vents, la fécondité du sol, les processus de la vie et de la mort. La pluralité des dieux manifeste la diversification de la volonté et des énergies à l'œuvre dans la nature. De ce point de vue, les âmes humaines, surtout quand elles s'inscrivent dans les mouvements profonds de la nature, sont elles-mêmes, par rapport au divin. « comme ses propres parties et ses fragments[4] ». « Tu es un dieu, ô homme[5] », au même titre que le soleil est « une bien petite partie [du divin] par rapport à l'ensemble[6] ». Souvent Épictète semble incliner vers le monothéisme, mais c'est que le feu divin qui se diffracte à travers la nature peut aussi être ressaisi en lui-même, dans son unité substantielle. Ainsi, après la conflagration du monde, où tout est rendu au feu indifférencié, Épictète imagine « Zeus solitaire » et autosuffisant, privé de la compagnie d'« Héra, Athéna, Apollon, etc.[7] ». Le divin est un, parce que sa volonté est une dans un monde en ordre ; il est multiple, parce que sa volonté est omniprésente et multiforme dans un monde luxuriant et chatoyant. Épictète, simultanément, applique au mot « dieu » le singulier et le pluriel[8] : il n'y aurait incohérence que si l'on personnalisait une force qui demeure chez lui principe d'ordre et d'harmonie. Contemporain des premiers chrétiens, il reste tout à fait étranger à leur croyance en un Dieu personnel[9]. La divinité, une et multiple, c'est le *logos*[10], la raison ardente, immanente à la nature.

---

1. *Cf.* Glossaire, p. 112. \ **2.** *Cf.* Glossaire, p. 112. \ **3.** *Entretiens*, II, XX, 32 – I, XXVII, 13. \ **4.** *Entretiens*, I, XIV, 6. \ **5.** *Entretiens*, II, XVII, 33. \ **6.** *Entretiens*, I, XIV, 10. \ **7.** *Entretiens*, III, XIII, 4-7. \ **8.** *Entretiens*, II, XIV, 11. \ **9.** C'est avec le christianisme qu'en philosophie la divinité cesse d'être seulement un principe d'intelligibilité du monde ou un être pur et incorruptible qu'Aristote encore pouvait identifier aux astres. Dieu acquiert les attributs d'une Personne : il est un esprit, doué de conscience de soi, de volonté, du sens du bien et du mal, etc. \ **10.** *Cf.* Glossaire, p. 113.

Ce qui importe surtout, c'est de la considérer comme une Providence. Non pas au sens où elle veillerait, d'en haut, sur nos existences et pourvoirait à nos besoins, mais en tant qu'elle est l'harmonie qui préside à tous les décrets naturels. C'est elle qui fixe la direction des vents, règle la course des astres, le mouvement des marées, le rythme des saisons, le comportement des animaux et des hommes, etc. Elle correspond à ce que les Latins appellent le *fatum*, c'est-à-dire la parole divine, qui arrête le cours des choses et des êtres, et qu'on peut rapprocher du déterminisme fondant, dans la science moderne, les lois de la nature[1]. Si Épictète évoque les Moires[2] qui filent les destinées[3], la Providence ou Destin renvoie à une nécessité interne au monde et aux êtres, et non à une fatalité extérieure, implacable, voire cruelle. Métaphoriquement, elle est la force intrinsèque de la raison, la nécessité logique qui caractérise un monde harmonieux.

IL FAUT VIVRE CONFORMÉMENT À LA NATURE

Le secret du bonheur, de la liberté et de la raison se trouve donc dans la nature, qui propose aux hommes le modèle d'une vie accordée. « Vis conformément à la nature » est le premier commandement du stoïcisme, qu'Épictète ne se lasse pas de répéter et d'adapter à toutes les situations. La conformité évoque, dans tous les cas, un accord, une consonance, donc le bonheur, tant il est vrai que « le malheur, c'est la division » (Zénon). Mais la diversité des applications, précisément, éveille beaucoup d'incertitudes : quel est ce naturel érigé en norme et guide de vie ? Doit-on renier tous les acquis de la culture, « ensauvager » la vie à la manière cynique et s'inspirer des comportements animaux ? Faut-il considérer que tout ce qui advient dans la nature (par exemple, la mort, les maladies, la violence ou les cataclysmes...) est, en soi, bon et rationnel ? Tout ce qui est réel est-il rationnel ?

En fait, la pensée d'Épictète s'articule autour de deux notions : la conformité de chaque être à sa nature propre, humaine et individuelle ;

1. Il faudrait toutefois gommer les connotations juridique et obligatoire du mot « loi » et insister sur le caractère spontané de lois qui réalisent, avant tout, un équilibre à l'intérieur d'un modèle dynamique. \ **2.** Divinités grecques du destin correspondant aux Parques romaines. Au nombre de trois, elles filent, enroulent et coupent le fil de chaque destinée humaine (*cf.* Glossaire : *Logos*, p. 113.). \ **3.** *Entretiens*, I, XII, 25.

la conformité à la nature universelle. En principe, l'accord est garanti entre ces diverses expressions de la nature, toutes dirigées par le *logos* divin. Dans la pratique, la synthèse est plus incertaine.

1. Se conformer à la nature, c'est d'abord assumer le rôle qui a été dévolu à l'homme dans le plan cosmique. L'homme n'est en effet qu'un élément dans le grand corps de l'univers, assigné à une fonction précise, au service du tout. Quelle est donc sa nature ou sa mission propre ? La Providence a disposé chaque chose en vue d'une fin : la vigne pour produire les raisins et l'olivier les olives, l'herbe pour nourrir les animaux, ceux-ci pour qu'ils nous fournissent leur viande, leur peau, leur force, leur lait, etc. Quant à l'homme, elle lui a donné la conscience de ses représentations et la réflexion pour qu'il puisse contempler l'harmonie du monde, la comprendre et en reproduire l'image dans sa conduite. La perfection de l'univers exigeait, en effet, qu'il y eût un spectateur pour tant de beauté, et un spectateur actif qui convertît son émerveillement en imitation. C'est à cette fin que « la divinité introduit dans le monde l'homme, spectateur du divin et de ses œuvres, non seulement leur spectateur, mais leur interprète[1] ». L'homme est donc un microcosme : quoique simple partie de la nature universelle, il a pour vocation d'en refléter la totalité et d'en reproduire les harmoniques.

2. Notre problème se trouve ainsi reporté (la nature humaine renvoyant à la nature universelle), mais aussi compliqué : seul, en effet, le philosophe paraît en mesure de s'acquitter de la tâche reconnue à l'homme. « Dans cette foire qu'est le monde… la plupart des hommes sont acheteurs ou vendeurs ; seul un petit nombre d'entre eux viennent à la foire comme à un spectacle, pour voir comment cela se passe, pourquoi cette foire, qui l'a instituée, à propos de quoi… Bien peu ont le goût de la contemplation[2]. » On pourrait supposer qu'Épictète déplore une telle situation et vise à développer chez tous le naturel philosophe. Ce qui apparaît surtout, c'est qu'il se résigne à ce qu'il n'en soit rien et que – comme le moine chrétien qui, plus tard, se vouera à la prière et à la pénitence en expiation et sanctification d'un monde impie et frivole – il assume en quelque sorte un rôle de représentant : le philosophe est celui qui cherche à réaliser pleinement l'idéal humain en lieu et place de tous les hommes qui ne sont pas à la hauteur d'un tel idéal. « Quoi !

1. *Entretiens*, I, VI, 19. \ **2.** *Entretiens*, II, XIV, 23-25.

Puisque vous êtes aveugles pour la plupart, ne fallait-il pas quelqu'un qui occupât ce poste et qui chantât pour tous l'hymne à la divinité ? Si j'étais rossignol, je ferais ce que font les rossignols, et, si j'étais cygne, ce que font les cygnes ; mais je suis doué de raison ; je dois chanter la divinité. C'est là mon œuvre, je l'accomplis[1]. » Le ton est ici désabusé : l'homme ne sait pas vivre à la hauteur de sa raison… Mais le plus souvent Épictète justifie que la philosophie soit affaire de spécialistes et que la plupart des hommes choisissent une tout autre voie que celle de la philosophie. « Ne sais-tu pas que l'humanité est une armée ? L'un doit être de garde, l'autre partir en éclaireur, un autre se battre. Il n'est ni possible ni préférable que tous soient au même lieu[2]. » L'harmonie de la nature tient à sa diversité, et l'espèce humaine doit y contribuer avec toute l'étendue et la richesse de sa palette. C'est pourquoi, après avoir affirmé qu'il y a une « fin commune » à tous les hommes en tant qu'hommes, Épictète leur assigne une « fin particulière ». « Il y a une fin du joueur de cithare comme joueur de cithare, du charpentier comme charpentier, du philosophe comme philosophe, de l'orateur comme orateur[3]. » La philosophie devenant un attribut particulier, on peut se demander ce qu'est alors la nature humaine et ce qu'elle exige. Mais on devra se contenter d'une réponse bien vague : « Ne pas agir comme une brebis, même si on agit avec douceur, et ne pas être malfaisant comme une bête fauve[4]. »

Il semble donc y avoir quelque difficulté à articuler l'une à l'autre, la nature humaine et la nature individuelle. En principe, leur harmonie est garantie par l'affirmation que la seconde n'est qu'une spécification de la première, et qu'elles « s'emboîtent » l'une dans l'autre. Mais, concrètement, il paraît plus délicat d'admettre qu'il existe une nature commune à tous les hommes… à moins de se tourner à nouveau vers la nature universelle qui distribue à chacun son rôle et qui viserait donc l'unité du genre humain à travers la complémentarité et la diversité des rôles plutôt qu'à travers leur identité.

3. Vivre conformément à la nature signifierait donc toujours, en dernière instance, se conformer à la nature universelle. Comment l'entendre ? Une anecdote peut nous éclairer : un père de famille, prétextant « des

---

1. *Entretiens*, I, XVI, 19-21. \ **2.** *Entretiens*, III, XXIV, 31. \ **3.** *Entretiens*, III, XXIII, 5. \ **4.** *Ibid.*, 4.

sentiments naturels qu'éprouvent presque tous les pères », explique à Épictète qu'il n'a pu supporter la vue de sa fille gravement malade et qu'il a dû quitter son chevet. Épictète lui remontre alors qu'il ne saurait se réclamer de la nature, parce qu'il ignore « le critère » de ce qui est ou non conforme à la nature. Et, à la manière de Kant, il lui propose une universalisation de son comportement pour en évaluer la rationalité : si tous avaient agi comme toi, ta fille serait morte... Dans la nature, la rationalité ne s'exprime pas à travers chaque réalité, chaque situation prises individuellement, mais à travers leur universalité, leur solidarité, leur enchaînement ou leur organisation d'ensemble. Sinon, si tout ce qui est réel était rationnel, « alors il faudrait dire que les abcès naissent pour le bien du corps, puisqu'ils naissent, et en général que les fautes sont conformes à la nature, puisque tous ou du moins presque tous nous en commettons[1] ».

Quand donc Épictète prétend qu'il faut, dans la vie, imiter la nature, cela ne signifie pas qu'il faut aller chercher en elle telle règle ou tel modèle particuliers. Aucun fait naturel n'est en soi admirable ou imitable. Ce qu'il faut, c'est reproduire, dans sa vie, l'harmonie d'ensemble qui caractérise la nature. Vivre conformément à la nature revient donc à ordonner sa vie, à lui donner une continuité et une cohérence semblables à celles qu'on observe dans la nature. « Occupez une place et restez-y[2] », ordonne Épictète. Il n'y a rien de pire que d'« agir au hasard » ou avec le papillonnement des enfants. « Ne sois pas, comme les enfants, philosophe un jour, collecteur d'impôts le lendemain, puis orateur, puis procurateur de César. Tout cela ne s'accorde pas[3]. » « Fixe-toi dès maintenant une personnalité et un plan de vie que tu veilleras à garder dans la solitude comme au hasard des rencontres[4]. » Projeter un « plan de vie » : c'est l'un des sens de la *prohairésis*[5], cette notion clé qui résume toute la philosophie d'Épictète[6].

En conséquence, d'aucun acte isolé on ne peut dire s'il est bon ou mauvais. En fait, n'importe quel acte peut être dit bon ou mauvais, suivant la façon dont il s'inscrit dans la logique et la continuité d'une vie. « Il te faut être un individu unique, ou bon, ou méchant[7]. » Épictète donne l'exemple d'un tyran et de sa victime à laquelle il fait dire :

1. *Entretiens*, I, XI, 7. \ **2.** *Entretiens*, III, XXIV, 33. \ **3.** *Manuel*, XXIX, 7. \ **4.** *Manuel*, XXXIII, 1. \ **5.** *Cf.* Glossaire, p. 116. \ **6.** *Cf.* pp. 87-88. \ **7.** *Manuel*, XXIX, 7.

« À toi ton rôle, à moi le mien ; à toi de tuer, à moi de mourir sans trembler ; à toi d'exiler, à moi de partir sans chagrin[1]. » En tant que manifestation de la rationalité, la nature ne peut donc prescrire tels ou tels devoirs particuliers ; elle nous fait seulement obligation de vivre en accord avec nous-mêmes, dans la ligne de tout notre passé, en conformité au but et aux principes de toute une vie.

Le seul devoir inconditionnel que fixe la nature, sorte d'impératif absolu, c'est l'interdiction du suicide. Il nous appartient de trouver la place que le destin nous assigne sur « le champ de bataille » du monde, et de nous y tenir ; quand il sonne la retraite, nous devons aussitôt répondre à l'appel de la mort ; nul n'a le droit de déserter son poste de sa propre initiative. Nous ne disposons pas de notre vie : nous n'en sommes que dépositaires.

LE DILEMME : COHÉSION DES ACTES OU CONSTANCE INTÉRIEURE ?

La grande leçon qu'on peut tirer de la nature, c'est donc l'accord de chacun avec lui-même, dans la diversité et l'harmonie des rôles. Pour ne prendre que deux exemples, ce qui justifie Socrate, c'est sa fidélité, jusqu'à la mort, à sa mission de philosophe ; mais il n'est pas donné à tous les hommes d'être des individus supérieurs, voués à la noble tâche de « s'occuper des hommes[2] » ; l'athlète qui s'astreint à un régime et à un entraînement réguliers, qui consent d'avance aux risques et aux aléas du métier, lui aussi joue son rôle à la perfection[3]. L'un et l'autre sont également nécessaires à l'harmonie de la cité universelle[4]. Mais on se trouve ici aux prises avec le problème crucial, qu'ont déjà signalé et esquivé les diverses interprétations de la conformité à la nature. Pour chacun d'entre nous, faut-il suivre la nature dans son ensemble, celle de l'homme en général, ou la sienne propre en particulier ? Si ces trois voies peuvent se rejoindre ou se recouper, on a noté plus haut que ce n'est pas sans difficultés ni raccords plus ou moins factices. Il n'est pas possible de s'en tenir plus longtemps à un simple acte de foi en l'unité et en l'identité de la nature, à ses différents niveaux de généralité. Si l'homme est un microcosme qui, tel le miroir convexe des peintures

1. *Entretiens*, I, II, 21. \ **2.** *Entretiens*, III, I, 19-23. \ **3.** *Manuel*, XXIX. \ **4.** *Manuel*, XXIV, 4.

hollandaises, doit réfléchir l'harmonie du tout qui l'englobe, comment l'insérer dans le macrocosme ? Un élément peut-il être une réplique du tout qui l'inclut ? Peut-il se totaliser sans rompre son attache au tout ? Se clore dans sa propre cohérence sans se mettre en porte à faux par rapport à la logique qui gouverne un monde dont il n'est qu'une infime partie ? Autrement dit, comment concilier ces deux exigences que nous révèle et nous impose l'étude de la nature : assurer la cohésion interne de chaque vie individuelle ; réaliser la cohérence de cette vie avec toutes les autres vies et toutes les forces qui composent l'univers ? Dans le scénario cosmique, le problème s'évanouit : c'est dans la mesure où chaque acteur joue parfaitement son rôle, et suit jusqu'au bout la logique de son personnage, que les autres pourront aussi donner leur pleine mesure et que la pièce sera réussie. Mais si scénario il y a (et Épictète n'en doute pas ![1], seul en dispose le metteur en scène divin ; dans l'ignorance où ils sont tenus, les hommes sont réduits à improviser leur rôle. Et c'est bien pourquoi il y a problème : comment alors s'en tenir à son rôle ? Quand et comment donner aux autres la parole ou la réplique ? Quand sortir de scène ? Quand y revenir ? Pour quoi faire ou dire ?... Gageons qu'abandonnée à l'improvisation de chaque acteur la pièce va virer à la cacophonie et à l'affrontement de cabotins ! On achoppe ici sur la difficulté majeure de la pensée stoïcienne, sur une discordance qu'elle ne parviendra pas à véritablement réduire : chacun peut-il inventer et jouer jusqu'au bout ce qu'il croit être son rôle sans compromettre l'harmonie du jeu collectif, ou plutôt – car le mouvement d'ensemble a forcément raison des écarts individuels – sans être très vite rappelé à l'ordre et mis au pas ? Si donc le stoïcisme veut se donner une forme systématique, entièrement cohérente[2], force est de reconnaître qu'il y a ici un peu de jeu dans le système. Et on peut dire d'ores et déjà que tous les efforts pour ajuster les idées et resserrer le raisonnement ne pourront supprimer tout à fait ce flottement. Mais, au-delà des images et analogies qui nous ont servi jusqu'ici, reprenons concrètement le problème...

1. D'une part, le choix d'une ligne de conduite implique des actions, des projets, des devoirs. Certes, la relativité des rôles particuliers limite au minimum les devoirs naturels prescrits à tout homme en tant

---

1. *Manuel*, XVII. \ **2.** *Cf. supra*, p. 59.

qu'homme. Épictète se contente de rappeler, par exemple, contre certains excès des cyniques, que nous avons des devoirs de propreté et d'hygiène envers notre corps, par respect pour la nature, mais aussi par respect pour les autres, avec lesquels notre corps nous met en relation. Nous avons aussi à observer les devoirs qui résultent de nos attaches naturelles, familiales et sociales. Ainsi Épictète s'insurge-t-il contre le mot d'ordre abstentionniste des épicuriens, qui refusent le mariage, la progéniture, l'engagement politique ; nous devons assumer notre condition naturelle et accomplir les devoirs de fils, de mère, d'époux, de frère, de citoyen… qui lui sont inhérents. Mais nous avons surtout à remplir toute la série d'obligations liées au choix de vie particulier que nous avons fait, à mettre en œuvre tous les moyens permettant d'accéder au but et au rôle que nous nous sommes fixés. Cet accomplissement des devoirs, naturels ou personnels, suppose une extériorisation, un investissement de soi dans les actes, les êtres et les choses extérieurs. Le bonheur de l'être humain ne peut donc être qu'une expansion hors de soi, le moi s'enrichissant de tout ce qu'il donne de lui-même.

2. Mais, d'autre part, sortir de soi, c'est s'exposer. Dérouler hors de soi le fil de sa vie, c'est l'insérer dans la trame des événements et risquer de le voir arraché, brisé, dérangé. Dès qu'un acte sort de nous, il est en effet soumis à une logique qui ne dépend plus seulement de nous, puisqu'elle inclut les autres, les circonstances, la matière même de l'action. Mais alors, comment sauvegarder la cohésion de notre dessein ? Les événements risquent à tout moment de contrecarrer nos projets, de dévier nos actes du sens que nous voulions leur donner, et d'introduire de singuliers zigzags brisant la continuité que nous projetions. Ainsi, l'athlète qui organise sa vie en vue d'obtenir la consécration aux Jeux olympiques n'est pas à l'abri d'un accident qui briserait son rêve et le laisserait handicapé. Quel malheur, s'écriera-t-on, quel coup du sort ! Non, répond Épictète, simple rappel à l'ordre (du monde) ! Les contrariétés de cette sorte sont certes une cause de souffrance, mais surtout un démenti cinglant du destin, l'avertissement que nous faisons fausse route et que nous nous abusons sur notre rôle véritable. Pour résorber l'incertitude et inscrire immanquablement notre propre trajectoire dans le déterminisme universel, il faudrait être doué de l'omniscience du démon qu'imaginait à la fin du XVIIIe siècle le physicien Simon Laplace pour nier le hasard et soutenir que tout, jusqu'au moindre détail, est parfaitement et rigoureusement déterminé dans l'univers. Il faudrait, en fait, avoir sur le monde le point de vue panoramique et le regard englobant de la divinité.

Même s'il est animé de la meilleure volonté et tout disposé à admettre la logique supérieure du cosmos, on ne voit pas comment l'homme pourrait faire intervenir celle-ci dans son plan de vie, dans ses projets, nécessairement à courte vue et à court terme. On ne voit pas comment il pourrait éviter le conflit entre la nature humaine, qui lui prescrit les actions qu'il doit accomplir, et la nature universelle, qui détermine les événements survenant au cours de son existence… Pour limiter les effets de cette interférence entre les actes et les événements, les stoïciens ont envisagé de recourir à la divination, alors en vogue, pour faire éclater les limites du présent humain. Si en effet nous pouvions prévoir l'avenir, et donc adhérer à la vision cosmique de la divinité, nous pourrions agir en conséquence : non pas, certes, chercher à modifier le cours des choses (sacrilège et vanité !), mais vouloir à l'avance ce qui doit advenir. Une telle attitude existe encore chez Épictète, citant certes Sénèque : « Si l'honnête homme connaissait d'avance l'avenir, il coopérerait à sa maladie, à sa mort ou à sa mutilation, comprenant bien que ce sont là les lots qui lui sont attribués d'après l'ordre universel, et que le tout est supérieur à la partie et la cité au citoyen[1]. » Mais Épictète est réticent par rapport à une curiosité qui peut passer pour de la défiance vis-à-vis de la Providence et pour une fuite de responsabilité.

Son originalité consiste à infléchir profondément la doctrine pour réduire la contradiction qui la mine. Il va en effet déplacer l'impératif moral : ce n'est plus tant dans son activité extérieure, que dans son attitude intérieure, que l'homme devra réaliser l'unité et l'harmonie qu'exige la nature. Il lui faudra désormais chercher l'accord avec lui-même sur un autre plan que celui du comportement extérieur, dans lequel les événements et les autres ont décidément une part trop grande et incontrôlable. Aussi recherchera-t-il la constance intérieure, l'égalité d'humeur et la stabilité du moi, plus que la cohérence et la continuité des actes. Sans se retirer tout à fait dans sa tour d'ivoire, le sage veillera à se préserver de l'agitation et des événements déroutants du monde extérieur pour les considérer toujours avec la même sérénité. S'il paraît

1. *Entretiens*, II, X, 5.

difficile de maintenir le cap, quand on s'aventure hors de soi, sur la haute mer où se croisent tous les destins, rien ne semble devoir désorienter celui qui, dans un voyage tout intérieur, n'est en quête que de lui-même.

Du coup, la vie conforme à la nature reçoit une nouvelle interprétation : elle consistera à cultiver en soi-même cette faculté spécifique de la nature humaine qu'est « l'usage des représentations ». Faculté qui, telle une boussole intérieure, permet de traverser les pires tourmentes sans se laisser égarer et déposséder de soi. Don providentiel ! La nature ne saurait nous faire défaut, car l'homme trouve dans sa propre nature un recours et un secours contre l'implacable logique de la nature universelle. Celle-ci, en dotant les hommes de la liberté de jugement, a pourvu aux conséquences sur ses parties de leur assujettissement à la loi du tout.

Cette inflexion était amorcée par les stoïciens antérieurs, mais Épictète l'accentue fortement. Il ne renonce pas pour autant à la doctrine des devoirs[1], et il s'en tient à un compromis (inégal) entre deux exigences :

1. Essayer d'assumer en actes certains devoirs naturels, correspondant au modèle de conduite que nous avons choisi. « Il ne faut pas être impassible comme une statue, mais maintenir nos rapports naturels ou acquis avec autrui, comme homme religieux, comme fils, comme frère, comme père, comme citoyen[2]. »

2. Accepter d'avance tout revers et garder un constant détachement à l'égard de tout ce qui nous arrive ; l'important étant de viser le bien (*telos* : finalité intérieure), plus que d'atteindre le but (*scopos* : but extérieur), et de ménager la paix de l'âme plus que de se soucier des événements.

« Il est difficile d'unir et de joindre à l'attention de l'homme qui s'attache aux choses, le calme de celui qui y reste indifférent. Pourtant cela n'est pas impossible ; autrement, on ne pourrait atteindre le bonheur[3]. »

CE QUI NE DÉPEND PAS DE NOUS ET CE QUI EN DÉPEND

Épictète nous invite donc à resserrer notre existence au-dedans de nous-mêmes, à suspendre le déploiement spontané de notre volonté

---

1. *Cf.* Glossaire, p. 108. et pp. 79-81. \ **2.** *Entretiens*, III, II, 4. \ **3.** *Entretiens*, II, V, 9-12.

pour rappeler celle-ci à sa source. Mais comment répondre à cette invitation ? La provocation de sa pensée tient d'abord à ce qu'il prend à rebours le cours habituel et naturel de la vie. Agir, se fixer des objectifs ou des devoirs, c'est en effet s'inscrire naturellement dans une visée expansionniste du moi qui projette ses propres marques sur ce qui l'entoure et tend à s'annexer ce qui lui convient. La tendance fondamentale du vivant, que les stoïciens nomment *oikéiôsis*[1], évoque certaines descriptions de la psychologie moderne. Celle-ci nous montre en effet que le nourrisson se meut d'abord dans un magma primitif indifférencié, qu'il est porté par les mouvements spontanés de la vie, dans une osmose parfaite de l'organisme et du milieu. Il n'a pas encore le moindre sentiment (ou sensation) du moi, parce que, bien qu'on puisse le dire instinctivement extraverti[2], il n'a aucune expérience d'un dehors et d'un dedans. Ce sont les premiers déplaisirs qui, en lui faisant sentir une résistance, l'amèneront à reconnaître un « dehors », une réalité extérieure. Et c'est par cette expérience négative qu'il apprendra à circonscrire le moi. Autrement dit, spontanément, l'individu se projette sur ce qui l'entoure et tend à le coder avec ses propres signes ; mais les rebuffades le conduisent à reconsidérer et à interroger, à sa source, ce mouvement d'expansion. Inconsciemment (et antérieurement à toute distinction de sujet et d'objet, à laquelle il faut pourtant bien recourir pour formuler ici cette expérience), il se (re)met en question : pourquoi les choses résistent-elles ? en quoi m'y suis-je mal pris ? qu'ai-je fait de mal ? qu'est-ce que je cherchais au juste ? que veux-je, qui suis-je ? On peut dire que, dès ce moment originel et tout au long de sa vie, l'homme n'en finit pas de renouveler et d'approfondir cette découverte du moi dans le « non-moi », de cerner les limites du moi et, ainsi, de conquérir son identité. C'est tout le problème que pose Épictète dans sa fameuse division « des choses qui dépendent de nous » et de « celles qui n'en dépendent pas ». Si Flavius Arrien place cette distinction en tête du *Manuel*, et si elle revient comme un *leitmotiv* au long du texte, c'est assurément qu'il s'agit là de la principale clé du système d'Épictète.

1. *Cf.* Glossaire, p. 114 et pp. 62-63. \ **2.** *Extraverti*, terme du vocabulaire psychologique qui désigne un tempérament ou un comportement tournés vers le monde extérieur, par opposition à l'introverti qui tourne son attention vers lui-même et vers ce qui se passe à l'intérieur de lui-même.

Les considérations précédentes visent à suggérer qu'il ne s'agit pas vraiment, pour Épictète, d'une position de retrait. Se déprendre de ce qui ne dépend pas de soi et consacrer exclusivement ses soins à ce qui dépend de soi, ce n'est certainement pas recroqueviller sa volonté, dans une attitude craintive et défensive. On a vu, en effet, que tout ce qui, en dehors de soi, est qualifié de bon, désirable, intéressant, ou, négativement, de nuisible, mauvais, repoussant... l'est en fonction d'un mouvement initial et inconscient du moi. Il est bon pour l'oiseau d'être libéré de sa cage et pour le poisson d'être remis à l'eau, parce que leur tendance naturelle est de voler ou de nager. De même, il est bon pour l'homme d'avoir des chaussures, car son pied est tendre et a besoin d'être protégé. Mais il devrait lui être indifférent qu'elles soient de simple cuir ou bien dorées et brodées[1]. Si le modèle de luxe lui paraît plus beau et désirable que le modèle ordinaire, c'est qu'au fond de lui-même il ne désire pas seulement marcher sans peine, mais encore séduire ou épater ceux qui le verront. C'est le désirable qui est fonction du désir, et non l'inverse... même si le désir n'accède au sentiment et à la conscience de soi qu'à partir du moment où le désirable se refuse à lui. En fait donc, Épictète, en concentrant le moi à sa source, veut le réapproprier à lui-même. Il ne lui impose aucune « castration » puisque, par essence, le moi est un acte, un dynamisme, une puissance de dilatation. En termes psychologiques, la grande maxime d'Épictète ne traduit pas tant un « désinvestissement » du monde extérieur, qu'un « réinvestissement » du moi qui est à la source de toutes nos ouvertures au monde. Épictète reprend le conseil des Anciens : « Connais-toi toi-même[2] », car celui qui « ignore ce qu'est son moi[3] » ne peut que s'aliéner et se laisser ballotter.

Ce qui frappe d'abord dans la division du réel proposée par Épictète, c'est que les deux catégories de « choses » sont définies, l'une et l'autre, relativement au moi. Les deux définitions sont même de pures tautologies : « Ce qui ne dépend pas de nous, c'est... en bref [ce qui n'en dépend pas] ! » Épictète donne toujours la même liste de ces faux biens extérieurs : le corps et la santé, ou l'intégrité physique, l'argent et les biens matériels, la vie et la mort, les autres, les honneurs, la gloire, l'amour, etc. Mais il ne les condamne pas comme mauvais ou impurs

1. *Manuel*, XXXIX. \ **2.** *Entretiens*, I, XVIII, 17. \ **3.** *Entretiens*, IV, VII, 32.

en eux-mêmes. Il n'y a pas, chez lui, ce mépris d'un monde corrompu, ni cette opposition puritaine du corps et de l'esprit, qu'on trouvera chez les ascètes chrétiens. Au contraire, tout est bon dans ce monde rationnel et divin. D'ailleurs, remarque Épictète, fuir l'argent, le pouvoir ou les charges publiques, c'est tomber dans la même dépendance par rapport à eux que les rechercher[1]. Les choses extérieures ne sont ni bonnes ni mauvaises, elles sont indifférentes. Indifférentes parce que neutres par rapport aux désirs qui vont se porter sur elles et les investir de valeurs positives ou négatives. Indifférentes parce que incertaines : me sont-elles destinées ou pas ? font-elles ou non partie de mon lot ? cela entre dans une logique distributive qui me dépasse[2]. Rien ne les disqualifie, en tant que telles ; simplement je ne puis savoir si elles me sont affectées ou non, dans l'ordre du monde. En conséquence, les désirer ou les rejeter, ce serait comme un coup de force visant à dérégler le destin, à désolidariser le moi de la trame du réel, et à le fourvoyer dans une fausse autonomie et une fausse identité. Ce serait très exactement, au fondement du moi, substituer (comme dira Freud) un « principe de plaisir » et d'illusion au « principe de réalité », comme chez ces enfants gâtés par une mauvaise nourrice, laquelle, au lieu de les gronder si, par distraction, leur pied vient à heurter un caillou, préfère stupidement frapper le caillou. « Qu'a fait la pierre ? Fallait-il qu'elle changeât de place à cause de la sottise de l'enfant ?[3] » Le moi ne s'affirme pas en se laissant glisser sur la pente de ses désirs et de ses impulsions immédiates, mais en sachant les retenir, les différer, en tout cas les subordonner à l'objectivité du monde tel qu'il est. Le moi se construit en faisant preuve de réalisme et en sachant dresser ses désirs. C'est en oubliant ces évidences qu'on maintient, chez l'adulte, un moi infantile : tyrannique, frustré et malheureux. Ce que montre en somme Épictète, c'est que l'aliénation aux choses extérieures, qui est en même temps aliénation aux autres (qui ont pouvoir sur elles puisque, précisément, elles sont extérieures[4]), n'est qu'un symptôme visible du dérèglement interne du moi. Nous ne rencontrons jamais d'autres obstacles que ceux que nous suscitons nous-mêmes[5], et nous fabriquons notre propre

1. *Entretiens*, IV, IV, 19-28. \ **2.** *Moira*, le Destin universel, et les trois Moires qui, dans la mythologie grecque, filent, enroulent et coupent le fil de nos vies, sont la personnification de la part ou du lot (moira) qui est dévolu à chacun dans la totalité de l'Être. \ **3.** *Entretiens*, III, XIX, 4. \ **4.** *Manuel*, XIV, 2. \ **5.** *Cf.* p. 64.

esclavage et notre propre souffrance. « La maladie est une gêne pour le corps, mais non pas pour la volonté, si la volonté elle-même n'y consent pas. Boiter est une gêne pour la jambe, mais non pas pour la volonté[1]. »

C'est pourquoi un moi malade ou fragile (celui du jeune disciple en quête d'identité et de maîtrise de soi) devra d'abord se purifier et s'affermir dans l'abstinence de tout bien extérieur et dans la retraite intérieure. Ce sera la première étape de la progression morale[2] à laquelle on réduit souvent à tort toute la morale stoïcienne. Cette phase de recueillement doit permettre au moi de découvrir sa vraie nature et ses vrais pouvoirs. Alors seulement, il pourra, sans crainte, se laisser porter par cette puissance qui est à l'œuvre dans la nature et dans chacun de ses êtres, et tendre vers son bien. Sachant assumer et garder sa place dans l'ordre universel, il identifiera sa volonté à la volonté divine et, bien loin de se replier frileusement sur lui-même, il pourra, à travers l'adhésion à son propre destin, dire oui au monde, à l'avènement de tout ce qui est, dans la sérénité d'une adhésion cosmique. « Tu es un dieu, ô homme ; voilà d'immenses projets[3]. » Cette invocation aux accents nietzschéens suffirait à montrer, contre l'opinion de Nietzsche lui-même[4], que le stoïcisme ne correspond ni au ramollissement ni à l'endurcissement d'une volonté prête à accepter tout et n'importe quoi. Il exalte au contraire une volonté éclatante de santé et de générosité qui se tend aux dimensions de l'univers et confirme, comme chez Nietzsche justement, sa puissance affirmative en voulant l'éternel retour de tout ce qui est. Le stoïcisme ne s'adresse pas aux faibles, aux médiocres ou aux dégoûtés, à tous ces frustrés de la vie que Nietzsche stigmatise : le héros mythique cher à Épictète n'est-il pas Héraclès, l'homme-dieu symbole de force et de générosité solaire !

LE BON USAGE DES REPRÉSENTATIONS

Mais avant que la volonté ne soit ainsi puissance de choix et d'adhésion[5], tension dirigée vers l'Être, elle doit se concentrer en elle-même

1. *Manuel*, IX. \ **2.** *Cf.* pp. 79-80. \ **3.** *Entretiens*, II, XVII, 33. \ **4.** Nietzsche considère le stoïcisme comme une philosophie pour des temps de décadence. C'est, selon lui, l'impuissance qui s'exprime sous forme de fatalisme, d'ascétisme et de tyrannie exercée sur soi-même. (*Cf.* par exemple *La Volonté de puissance*, §§ 220 et 340.). \ **5.** *Cf.* Glossaire : *Prohairésis*, p. 116.

et développer sa propre tension interne. C'est toute la thérapeutique ou propédeutique qu'Épictète nomme « l'usage des représentations ».

L'ouverture de l'être vivant à l'extérieur, l'osmose avec son milieu, se traduit par deux phénomènes élémentaires : la sensation ou représentation, qui lui donne des informations sur les choses ; la tendance, qui le porte à les assimiler. La première (qui déjà n'est pas réception passive du message extérieur) fonde les différents degrés de la connaissance en fonction du degré de tension de l'âme qui s'y attache. « Zénon le démontrait par des gestes. Il montrait sa main ouverte, les doigts étendus : "Voici la représentation", disait-il ; puis il contractait légèrement les doigts : "Voici l'assentiment." Puis il fermait la main et serrait le poing, en disant : "Voici la compréhension." Enfin, avec la main gauche qu'il approchait, il serrait fortement le poing droit en disant : "Voici la science que seul le sage possède."[1] ». Ce geste symbolique montre la force active, l'attention *(ad-tension)* qu'il faut donner à la représentation pour comprendre (c'est-à-dire prendre ensemble, globalement, et avec soi). Sur le plan de l'action, c'est un mouvement parallèle qui conduit de la tendance à la volonté, en passant par le consentement et le désir : d'un degré à l'autre de « l'appétence[2] », c'est l'intensité de l'adhésion qui varie. De même que, sur le plan intellectuel, nous ne pouvons qu'acquiescer à l'évidence du vrai, refuser le faux et douter devant ce qui est confus, de même, sur le plan affectif, nous ne pouvons que désirer le bien, repousser le mal et rester indifférents à ce qui est neutre. Du moins, cette loi joue-t-elle à plein quand, au degré maximum de tension, nous reconnaissons pleinement le vrai et le bien.

Ce parallélisme entre les deux séries de facultés, cognitives et volitives, s'explique par le fait qu'elles sont étroitement liées. Épictète insiste surtout sur la dépendance des secondes par rapport aux premières. Ainsi, la volonté contrôle les forces et le pouvoir d'agir de l'homme, mais elle est aveugle ; elle doit être guidée par l'entendement, qui examine les différentes possibilités et juge de la meilleure. De la sorte, la volonté veut toujours réaliser ce que l'entendement lui présente

1. Cicéron, *Premiers Académiques*, II, XLVII, 145. \ **2.** La tendance générale qui porte un être vers ce qui le satisfait. Ici, le mot vaut comme catégorie générique, incluant comme formes particulières la tendance (au sens étroit), le consentement, le désir, la volonté, c'est-à-dire les différents mouvements intérieurs par lesquels un être se détermine à agir.

comme bon et il suffit donc de bien juger pour bien agir. C'est la position philosophique connue sous le nom d'« intellectualisme moral » : « Nul ne fait le mal volontairement et, si tu connais la vérité, il est nécessaire que tu agisses désormais avec droiture[1]. » En conséquence, Épictète recommande l'indulgence pour les criminels, qu'ils soient voleurs, pillards, ou coupables d'adultères : plutôt que de les condamner, il faut leur ouvrir les yeux, leur montrer qu'ils se méprennent sur le (leur) bien. Mais il ne faudrait pas, pour autant, en déduire qu'il subordonne totalement le vouloir au savoir. En effet, le savoir est sans prise sur une volonté faible et sans tonus, et, surtout, on a vu que le savoir lui-même exige, pour adhérer au vrai, une forte tension de l'âme, une volonté intense. Il y a donc interdépendance des facultés cognitives et volitives.

On voit donc comment, dans le jeu des facultés humaines, le rapport aux choses et au monde extérieur est commandé par une attitude active. L'emprise de la réalité extérieure sur le moi reste limitée, et il faut au contraire toute la tension de celui-ci pour atteindre la réalité elle-même et ajuster le dedans au dehors. C'est cette tension qu'Épictète vise à cultiver pour affermir la liberté, la *prohairésis* : à savoir cette force, source de nos choix et continuité de notre vouloir, qui finalement s'identifie au moi lui-même et qu'on traduit parfois par « personne morale ». L'usage des représentations[2] constitue cet exercice.

Face aux choses extérieures, on ne peut pas vraiment les nier (sauf à se laisser aller à l'inconscience), ni faire qu'elles ne soient pas ce qu'elles sont (sauf à renoncer à l'effort de lucidité). Autrement dit, le fait même de la représentation et le contenu de celle-ci ne dépendent guère du moi ; ils n'en dépendraient, négativement, que si le moi relâchait sa tension... c'est-à-dire cessait d'être moi ! Mais ce qui dépend totalement du moi, c'est le jugement porté sur la représentation et la décision de se laisser affecter ou non par elle. C'est la complaisance envers l'imagination qui s'empare de la représentation, brode sur elle, lui attache tout un cortège de conséquences et surtout l'arrache à l'instant présent, dans lequel elle est enfermée, pour lui ouvrir toutes grandes les portes de l'avenir. Épictète trouve des accents pascaliens pour condamner ce lâche abandon aux puissances trompeuses. Bien user des représentations, c'est les tenir à distance, les soumettre à la raison, les interpréter

1. *Entretiens*, I, XVII, 14 ; *Manuel*, XLII. \ **2.** *Cf.* Glossaire, p. 117.

pour démystifier leurs apparences et les rendre inoffensives. C'est accepter l'événement dans le présent où il se « représente » et l'y maintenir ; refuser sa prétention à déborder le présent où il est déjà à moitié englouti dans le passé, sa prétention à rester présent et à empoisonner l'avenir. « Il ne faut pas admettre une représentation sans en examiner la valeur ; il faut lui dire : "Attends, que je voie qui tu es et d'où tu viens", comme disent les gardiens de nuit : "Montre-moi ton laissez-passer." As-tu reçu de la nature le signe que doit posséder une représentation pour se faire admettre[1] ? »

LES TROIS DEGRÉS DE LA SAGESSE

La philosophie stoïcienne se veut, avant tout, pratique. Certes, la vertu reste essentiellement connaissance, conformément au principe de l'intellectualisme moral[2] ; mais il n'y a plus rien, chez Épictète, de l'ambition spéculative de Platon ou d'Aristote. Il affiche même une défiance un peu dédaigneuse à l'égard des exercices de virtuosité logique et dialectique dans lesquels avait pu s'illustrer un Chrysippe. La philosophie est d'abord et par essence une manière d'être et de vivre ; dogmes et principes théoriques doivent être mis en œuvre, éprouvés et prouvés dans des actes[3].

La formation pratique du philosophe comporte trois étapes : la maîtrise des désirs, le déploiement de la volonté, l'autojustification des principes de vie.

1. Il s'agit d'abord de développer l'autonomie de la volonté par rapport aux désirs en augmentant sa tension interne. On sait en effet[4] que la tendance et le désir représentent, l'un et l'autre, une adhésion trop passive aux aspects immédiatement séduisants des objets extérieurs. Ils doivent être « sublimés » dans l'acte volontaire qui, loin de nier et de refouler ces deux formes[5] inférieures de l'appétence[6], les prolonge en inversant leur dynamique interne. Dans la tendance et le désir en effet, l'attraction du dehors l'emporte sur la décision interne ; le moi se détermine davantage sous l'effet de causes extérieures qu'en fonction de motivations intérieures. Dans la volition, au contraire, l'équilibre des

1. *Entretiens*, III, XII, 15. \ **2.** *Cf.* p. 89. \ **3.** *Cf. Manuel*, XLIX. \ **4.** *Cf.* pp. 87-90. \ **5.** La tendance et le désir. \ **6.** *Cf.* note 2, p. 88.

forces est renversé, la force centrifuge a la primauté. Pour convertir le désir en volonté, il faut donc diminuer l'emprise des choses sur nous, de sorte que la volonté puisse occuper le « terrain » ainsi abandonné, et déployer sa tension propre.

Comme s'il pressentait que le désir n'est pas un manque de tel ou tel objet déterminé, mais l'expression d'un manque beaucoup plus profond, qui est le manque du moi à lui-même, Épictète se propose de réduire les désirs en dynamisant le moi. Il dénonce l'appétit insatiable des désirs et la frustration de celui qui devient leur esclave : autant chercher à remplir un tonneau sans fond avec de l'eau puisée à l'aide d'une passoire, pour reprendre la célèbre parabole de Platon[1] ! Au vrai, la source des désirs, c'est bien un « tonneau percé » : un moi défaillant, béant, dont il faut d'abord retendre la structure. L'usage des représentations sera une thérapeutique de l'âme malade des désirs, de l'âme qui ne sait plus se tenir et qu'il faut raffermir en la refermant d'abord sur elle-même. Ce qu'on reproche souvent au stoïcisme, comme un excès de rigueur, n'est, somme toute, qu'un essai de vigueur !

Ce qui condamne le désir, c'est donc qu'il subit la loi de l'objet plus qu'il n'impose celle du sujet. Il faut aussi dire qu'il nous aliène aux autres, en cherchant, à travers les objets, à capter leur intérêt. Comme le suggère Épictète[2], le propre du désir est de paraître et de parader : à travers la richesse, les honneurs, le pouvoir, il vise à conquérir l'admiration et la reconnaissance des autres. Tout se passe comme si le moi défaillant qui cède aux désirs avait besoin de se rassurer et d'être confirmé par le regard des autres. Mais là est le piège : comme il y a réciprocité et que les autres désirent aussi ce que moi-même j'attends d'eux, nous sommes tous entraînés dans une spirale sans fin. Que l'échec soit au bout et que l'obstacle doive briser l'élan du désir, c'est inéluctable. Mais la frustration ne nous guérit pas… au contraire ! « Car vouloir une chose qui ne peut arriver, c'est là la source des passions[3]. » Contrariée dans son désir, l'âme ne peut que continuer à réclamer ce qui lui est refusé et à subir la tyrannie extérieure. Elle devient alors totalement passive. Épictète montre même que la passion s'entretient d'elle-même et s'aggrave, la répétition lancinante du désir gravant de plus en plus profondément son empreinte dans l'âme[4].

1. Platon, *Gorgias*, 493. \ **2.** *Manuel*, XL. \ **3.** *Entretiens*, I, XXVII, 10. \ **4.** *Entretiens*, II, XVIII, 8-18.

Il n'y a donc qu'un remède : purger l'âme des désirs et des passions. Ou plutôt, puisque ceux-ci ne sont pas des éléments étrangers à l'âme mais les symptômes d'un relâchement de celle-ci, il faut retendre ce qui est distendu, convertir la passivité en activité, sublimer en volonté les formes inférieures de l'appétence.

2. Alors seulement, ayant fait retraite en lui-même pour se ressaisir, le moi peut se laisser porter hors de lui par le mouvement de la volonté[1]. « Le second [degré dans la voie de la philosophie] concerne le vouloir et le refus de vouloir et, d'une façon générale, la question du devoir, afin de l'accomplir avec ordre, d'une façon raisonnée et sans négligence[2]. » Capable d'adhérer à l'ordre du monde et d'assumer les devoirs qui définissent le rôle propre de l'individu, la liberté rationnelle atteint ici son plein épanouissement : après avoir su dire non à tout ce qui l'entraînait malgré elle, elle est désormais capable de dire oui, puissance affirmative et féconde.

3. Seul le sage, parvenu à cette maîtrise morale, pourra se préoccuper de logique, c'est-à-dire étudier les procédés du discours et les règles de la vérité. Il doit en effet être capable de justifier sa conduite, d'argumenter les principes stoïciens et de les défendre contre leurs détracteurs : c'est une autre facette de son autonomie[3].

LA SAGESSE SUPRÊME

Maître de ses désirs comme de sa volonté, sûr de sa vérité, le sage connaît alors la sérénité et l'autonomie parfaites. Il peut s'installer dans l'impassibilité et jouir de l'ataraxie[4], cet idéal commun aux sagesses épicurienne et stoïcienne, qui signifie l'absence de troubles, mais qui a, dans le stoïcisme, une connotation plus positive que privative. C'est en fait l'affirmation confiante de soi et l'adhésion tranquille à l'ordre du monde. Consentant d'avance à tout ce qui advient de l'extérieur, réglant sa volonté sur la nature, confiant dans le destin et dans le pouvoir de sa raison, sachant user de ce pouvoir dans la maîtrise des représentations et l'observance de ses devoirs, le sage est invulnérable et heureux. Épictète compare son âme à « une ville forte et imprenable[5] » ;

---

1. *Cf.* p. 87. \ **2.** *Entretiens*, III, II, 2. \ **3.** *Manuel*, LII. \ **4.** *Cf.* Glossaire, p. 101. \ **5.** *Entretiens*, IV, V, 26.

mais il n'est pas pour autant retiré dans une tour d'ivoire, car « ce sont les circonstances qui montrent les hommes[1] » : comme l'athlète a besoin d'un adversaire, le sage doit être aux prises avec les événements pour faire l'épreuve et la preuve de lui-même. Son impassibilité n'est donc pas de la passivité : « Quoi ! s'insurge Épictète ; ai-je dit que l'être vivant n'est pas fait pour l'action ? Ah ! certes non[2]. » Mais l'activité n'est pas l'agitation. Celui qu'excite et met en branle le moindre événement extérieur n'est qu'une « larve » et non un « homme[3] » ; il vit soumis à ses passions alors que le sage, en retendant le ressort de l'âme, convertit toute cette passivité en activité. C'est pourquoi le stoïcien n'est pas davantage résigné. La résignation est une abdication de la volonté, la soumission à un état de choses négatif contre lequel on ne peut ou on ne veut plus rien ; c'est un renoncement par impuissance. Au contraire, Épictète préconise une attitude active et volontaire d'adhésion au destin et d'accueil de la volonté divine. Pour la même raison, ses attaques contre le scepticisme (lequel peut avoir des effets démobilisateurs) sont suffisamment vives pour qu'on ne le soupçonne pas d'indifférence. Celle-ci est en effet un état de confusion intellectuelle ou de régression spirituelle dans lequel on ne fait plus de différence, par exemple entre le bien et le mal, le vrai et le faux, le beau et le laid. Or toute l'attitude stoïcienne est commandée par la recherche du bien et par la conviction que tout est bon, même si cette bonté prend parfois, pour nous, des formes déroutantes.

L'accusation ordinaire dont il est peut-être plus difficile de laver le stoïcisme, c'est celle d'hypocrisie[4]. Pour pouvoir concilier l'ouverture au-dehors et la concentration en soi, Épictète est conduit à insister sans cesse sur la duplicité nécessaire… Il faut être dans le monde sans être du monde, aimer les autres sans s'attacher à eux, leur témoigner sa sympathie, mais en versant des larmes de crocodile. La vie est comme un jeu de balle. « Socrate, lui, savait jouer à la balle… Qu'est donc pour lui la balle en jeu ? La vie, la prison, l'exil, le poison, la femme dont il se sépare, les enfants qu'il laisse orphelins. Voilà ce qui était en jeu, et il n'en jouait pas moins et il lançait la balle avec grâce. Nous aussi mettons toute notre attention au jeu et voyons avec indifférence la balle

1. *Entretiens*, I, XXIV, 1. \ **2.** *Entretiens*, I, X, 7. \ **3.** *Entretiens*, IV, I, 142. \ **4.** *Manuel*, XVI.

elle-même[1]. » À la limite, les êtres et les choses deviennent donc de simples prétextes, des occasions d'exercer sa vertu. « Soyez beau joueur ! » L'exhortation est-elle acceptable pour celui qui pleure sur la dépouille de l'être cher, pour celui qui voit ses projets s'effondrer, pour tous ceux qui sont quotidiennement aux prises avec tous les drames du monde ? Garder la souveraine distance du joueur, n'est-ce pas une monstruosité d'égoïsme et d'insensibilité ? Le monde est-il un gymnase ou une scène de théâtre ? Épictète nous demande sans cesse, comme Diderot à son comédien, d'évoluer dans le « paradoxe » : jouer d'autant mieux notre rôle que nous savons garder la tête froide, nous couler dans notre personnage comme dans une enveloppe extérieure, simuler nos sentiments et nos engagements, calculer nos poses, jouer de toutes les ambiguïtés du masque. Mais si l'art se nourrit d'illusions, comment la vie, elle, n'en pâtirait-elle pas ?

Il est certain que, pour Épictète comme pour toute l'Antiquité païenne, la vertu[2] a plus à voir avec l'excellence individuelle qu'avec la charité ou le dévouement altruiste. On ne saurait s'intéresser vraiment à ce qui peut compromettre son intérêt. La seule chose qui compte, c'est d'assurer et de préserver son bonheur personnel[3]. Mais ce dernier n'est pas pour autant conçu en termes mesquins et égoïstes. D'abord, il y a toujours cette confiance en la providence divine qui conduit à relativiser les malheurs d'autrui, comme les siens propres, et à craindre de déranger l'ordre des choses par des interventions intempestives. Et puis surtout, « ce n'est pas être insociable que d'agir toujours en vue de soi-même[4] ». Par son rejet de « tout ce qui ne dépend pas de nous », Épictète renonce à toute problématique de l'avoir, au profit de l'être. Or on ne peut donner ou partager que ce que l'on a. L'altruisme et l'ouverture au-dehors se déploient dans l'ordre de l'avoir. Pour autant, celui qui mise tout sur l'être ne manque pas à ses amis[5] : rayonnant de sagesse et de sérénité, il respire le bonheur et leur communique un optimisme contagieux. En étant pleinement lui-même, il leur offre tout ce qui est en son pouvoir : ni argent ni services matériels qui ne sont que des biens illusoires ; ni ces vrais biens que sont la liberté et le bonheur, parce que chacun doit les conquérir par lui-même, et qu'ils se transforment toujours

1. *Entretiens*, II, V, 18-21. \ **2.** *Cf.* Glossaire, p. 119. \ **3.** *Cf.* p. 60. \ **4.** *Entretiens*, I, XIX, 14. \ **5.** *Manuel*, XXIV, 2-3.

en cadeaux empoisonnés dans les mains de ceux qui s'en prétendent les dispensateurs ; pas même un modèle à suivre ou à imiter ; mais une rencontre et une présence stimulantes, une certitude communicative, un homme qui témoigne de ce que peut tout homme. « Tu veux leur être utile ? Montre-leur en toi-même quels hommes fait la philosophie[1]. »

POSTÉRITÉ ET ACTUALITÉ D'ÉPICTÈTE

Quel est donc le legs d'Épictète ? Par un usage correct des représentations, le sage stoïcien s'affranchit de toute réalité extérieure et jouit d'une liberté absolue. La maladie, la souffrance, l'esclavage, la pauvreté... n'ont pas plus d'emprise sur lui que la prospérité, les plaisirs ou les honneurs. Il sait tenir à distance tout ce qui, du dehors, pourrait écraser ou suborner sa liberté. Même la mort perd son pouvoir, puisqu'il a les moyens de désamorcer ses menaces les plus cruelles, contre lui-même et contre ses proches. Elle n'est pas vaincue, elle n'est pas non plus expliquée ni justifiée, sauf à admettre par principe que tout concourt à l'harmonie universelle ; elle est neutralisée par la puissance de la pensée. Épictète ne vise pas à supprimer les problèmes ni à les résoudre ; il nous propose seulement un traitement mental de ces problèmes (un peu dans le sens où l'on parle aujourd'hui d'un traitement social du chômage, lequel a pour effet de résorber celui-ci dans les statistiques mais pas dans la réalité : trucage de la présentation d'un côté, magie de la représentation de l'autre !). C'est le reproche que lui a adressé Hegel : réduite à l'exercice de la pensée, la liberté stoïcienne est purement formelle, vide de tout contenu réel. Elle ne peut rechercher aucun bien, fuir aucun mal objectifs ; elle ne peut se colleter avec les choses et les événements extérieurs, puisqu'elle a, en elle-même, la formule du bien et du mal. Quels que soient leur diversité, leur caractère propre et concret, les éléments du monde extérieur deviennent la matière indifférente d'une pensée narcissique qui se complaît dans son propre exercice. La pensée ne s'applique qu'à bien penser ; la liberté jouit d'elle-même et tourne à vide au lieu de s'investir ; le moi qui veille jalousement à rester égal

1. *Entretiens*, III, XIII, 23.

à lui-même dans l'impassibilité n'est qu'une forme vide et abstraite, un fantôme inconsistant[1]. Il y a de la noblesse, reconnaît Hegel, à se draper ainsi dans la pure conscience de soi, mais quelle vacuité ! Quelle stérilité ! L'épanouissement de la liberté exigerait que la conscience, ainsi réfléchie, s'aventurât hors d'elle-même et cherchât à conquérir la réalité extérieure en l'assimilant par la connaissance scientifique, et en l'humanisant par la transformation technique.

Mais à l'époque d'Épictète, il ne pouvait en être ainsi. L'Empire romain est en effet le théâtre historique du divorce de l'individu et du monde. L'ancienne alliance entre l'homme et la nature, entre le citoyen et la cité maternelle et charnelle, avec laquelle il faisait corps, est rompue. Arraché aux solidarités de la vie organique et sociale par le tourbillon de l'histoire qui balaie l'Empire, l'individu est renvoyé à lui-même. Si sa propre mort devient soudain pour lui un tel problème, c'est que, maillon dissocié de la longue chaîne des vivants, il se trouve désormais confronté à sa finitude. Et ce n'est pas l'infini (ou plutôt l'indéfini) cosmopolite, cette forme vide et abstraite de l'Empire, qui peut répondre à son angoisse et combler son attente. Déchirée entre son aspiration à une universalité réelle (dont la nature divinisée fournit chez Épictète le modèle tout théorique) et sa localisation dans un individu plus isolé que jamais, la raison humaine ne peut que cultiver sa propre rationalité d'une manière formelle et abstraite. Tel est le stoïcisme[2], dans lequel Hegel voit une des figures de « la conscience malheureuse », cette conscience incapable de réconcilier sa propre finitude et son exigence de l'infini qui nous sont apparues[3] comme les deux pôles de la raison humaine.

Cela explique (même si Hegel le situe comme une étape historique, ou plutôt comme un degré dans la genèse de la conscience) que le stoïcisme resurgisse à toutes les époques troublées de l'histoire, quand les hommes semblent ne plus pouvoir s'identifier à leur temps et se recon-

---

1. « La liberté dans la pensée a seulement la pure pensée pour sa vérité, vérité qui est ainsi sans le remplissement de la vie ; elle est donc aussi seulement le concept de la liberté, et non pas la liberté vivante elle-même. » (Hegel, *Phénoménologie de l'Esprit*, coll. « Philosophie de l'esprit », Aubier-Montaigne, t. 1, p. 170.). \ **2.** « Comme forme universelle de l'esprit du monde, le stoïcisme pouvait seulement surgir dans un temps de peur et d'esclavage universels, mais aussi dans le temps d'une culture universelle, qui avait élevé la formation et la culture jusqu'à la hauteur de la pensée. » (Hegel, *op. cit.*, pp. 169-170.). \ **3.** *Cf.* pp. 66-67.

naître dans le visage grimaçant et convulsé que leur offre le monde. C'était déjà le cas, à la naissance du premier stoïcisme, quand s'effondra le monde des cités grecques, incapables de résister à la conquête romaine. Au XVIe siècle, dans les soubresauts de l'Empire chrétien miné par les luttes incessantes des princes et leurs séquelles de misère, on verra, avec la Réforme et plus tard le jansénisme, renaître l'individualisme humaniste et resurgir l'inspiration stoïcienne, dans une culture et un langage nouveaux : croyance à la prédestination, abandon confiant à la grâce divine, attente du salut par la foi plus que par les actes, libre examen de la conscience éclairée par l'Écriture… Des voix individuelles s'élèvent alors pour exprimer cette actualité du stoïcisme : c'est Montaigne, qui lui demande un remède contre les incertitudes du temps et l'angoisse de la mort ; Descartes, qui emprunte à Épictète la troisième maxime[1] de sa morale provisoire ; Pascal, qui s'entretient sur Épictète avec son directeur de conscience. Il s'agit pour tous de retrouver un sens dans les voies impénétrables du Seigneur à travers un monde troublé. Plus tard encore, dans l'Europe en proie aux nationalismes, à la lutte des classes, à l'accouchement douloureux et inquiétant du monde industriel, le mouvement romantique tentera de réconcilier l'humanité et la nature. Vigny, en particulier, témoignera dans ses *Destinées* du souffle stoïcien qui anime un tel mouvement. Et, aujourd'hui, ne seraient-ce pas les dernières vagues d'un stoïcisme dégénéré qui viennent échouer et se briser aux rives de notre monde en crise ? Certes, dans ses avatars « modernes » et populaires, l'antique sagesse a perdu sa vigueur systématique et rationnelle et elle ne subsiste plus qu'en morceaux… dépecée et dévoyée ! C'est le retour en force de l'astrologie, de la divination, des loteries et autres jeux où la Fortune (évolution sémantique ô combien révélatrice !) dégringole en espèces sonnantes et trébuchantes. C'est un vague œcuménisme (mâtiné d'orientalisme) écolo-mystico-convivial, qui rêve de fondre hommes, peuples, espèces vivantes, forces naturelles et cosmiques dans une version abâtardie *(new age)* de la « sympathie universelle ». C'est encore cette montée d'un individualisme frileux et impuissant, caricature de l'autonomie du sage stoïcien,

1. « Ma troisième maxime était de tâcher toujours plutôt à me vaincre que la fortune, et à changer mes désirs que l'ordre du monde ; et généralement de m'accoutumer à croire qu'il n'y a rien qui soit entièrement en notre pouvoir, que nos pensées… » (René Descartes, *Discours de la méthode*, III).

dans laquelle la liberté devient licence, le bonheur jouissance, l'usage des représentations consommation d'images et réduction du réel à un spectacle médiatique.

Mais si tout au long de l'Histoire on peut retrouver, et jusque dans les formes les plus dégradées, la veine et surtout la problématique qui ont inspiré le stoïcisme antique, il ne faudrait pas oublier tout ce qui différencie et oppose le monde antique, dans lequel vit encore Épictète, et notre monde, profondément et définitivement marqué par le christianisme. Beaucoup trop de lecteurs chrétiens ont voulu assimiler ou annexer la pensée d'Épictète ! Or on a vu que son polythéisme, son immanentisme[1], son monisme[2], sa négation de l'immortalité de l'âme, sa conception de la vertu – pour ne citer que ces points – le rendent irréductible. Il reste un penseur païen, incarnation d'un idéal de sagesse et d'humanisme dont le christianisme triomphant va précisément entraîner la disparition. En particulier, le monde d'Épictète n'a pas été souillé par le péché originel ; c'est un monde beau, harmonieux, habité et animé par les dieux. L'homme peut parfois ne pas y retrouver ses marques, mais ce monde est un royaume et il en est le roi. Rien de commun avec le monde déchu dont Satan est le maître et où l'homme s'est vu exiler après sa faute.

1. Doctrine qui, contre l'idée d'un Dieu transcendant, situé dans un au-delà, affirme sa présence et son immersion dons le monde et la nature (*cf.* Glossaire, p. 112). \ **2.** *Cf.* note 1, p. 63.

OUTILS COMPLÉMENTAIRES

GLOSSAIRE

ATARAXIE

Dans l'époque troublée et le monde en crise où se développe le stoïcisme, faute de pouvoir jouir de la vie, les hommes seraient déjà bien contents de n'en pas souffrir. C'est pourquoi la quête du bonheur prend chez les stoïciens une forme essentiellement négative. Être heureux, c'est n'être pas malheureux… comme le marque le préfixe privatif *a-* des mots grecs qui expriment le bonheur et la sérénité du sage : *apathéia*, apathie ou insensibilité, impassibilité ; *adiaphoria*, indifférence à l'égard de ce qui n'est ni bon ni mauvais ; et surtout *ataraxia*, ataraxie ou absence de trouble. Ce terme, que les stoïciens partagent avec les disciples d'Épicure, désigne la tranquillité d'âme et l'humeur constante de celui qui réussit à n'être plus troublé par le tumulte extérieur des événements ou l'agitation intérieure des passions. La menace est double en effet, et, pour atteindre cet état idéal, il ne suffirait pas de se retirer dans sa tour d'ivoire, loin des bruits du monde (*cf.* Thèmes et problématiques, p. 93). Il faut surtout maîtriser le risque de dérèglement et d'exacerbation de nos désirs et tendances naturels (sous l'effet d'agents extérieurs et de « choses qui ne dépendent pas de nous »), qui en font alors des passions dont nous sommes esclaves et victimes. C'est pourquoi l'impassibillité n'est pas un état de passivité ou d'inactivité, comme on pourrait le croire. Elle suppose au contraire fermeté et tension de l'âme, pour s'accorder avec l'ordre des choses et pour tenir à distance tout ce qui pourrait ébranler l'équilibre intérieur. Si l'ataraxie, comme le bonheur, est un état, celui-ci ne peut échoir qu'au sage qui s'y est préparé par toute une action sur lui-même. Et si cet état est défini, de manière privative, comme absence des troubles qui affectent communément l'existence, il n'en est pas moins, positivement, la jouissance quasi divine d'une âme qui a su se mettre au diapason de l'ordre du monde.

BONHEUR

Étymologiquement, le bonheur désigne un heur ou augure, c'est-à-dire une chance, un sort favorables. Il évoque donc le hasard, la bonne fortune... lesquels n'ont pas de place dans le monde des stoïciens, imprégné de part en part de rationalité et gouverné par la Providence. Le bonheur est cependant pour les stoïciens la fin de l'action morale, le dernier terme de la sagesse, et il prend donc nécessairement un sens moins aléatoire. C'est d'abord le produit d'une activité, car le bonheur ne peut être qu'actuel et durable, et seule une force en mouvement peut retenir l'évanouissement du temps et donner corps à la durée. Par là d'ailleurs, le bonheur s'oppose à l'abandon aux plaisirs, toujours passifs et fugitifs. Mais, pour être assurée de continuité, cette activité ne doit pas dépendre de choses extérieures et incertaines, et elle consiste donc en une tension ou une maîtrise tout intérieure. Le bonheur est affaire de volonté, et le sage est heureux parce qu'envers et contre tout il réussit à garder sa volonté stable et constante. C'est pourquoi encore le bonheur est une vertu : il accompagne et récompense l'effort moral tendu vers le souverain bien, alors que le plaisir est toujours amoral et souvent immoral. Pour le dire brièvement, le bonheur est l'état ou la disposition d'âme de celui qui vit conformément à la nature. « *Vivre heureusement et vivre conformément à la nature est une même chose* », témoigne Sénèque dans *De la vie heureuse*. En effet, le bonheur suppose, tous contradictions ou conflits surmontés, un profond accord avec soi-même (corps et âme, tendances et volonté, désirs et raison), la jouissance d'une parfaite identité, et l'épanouissement de sa nature d'homme comme de sa nature propre. Est donc heureux celui qui sait vivre en être libre et raisonnable, et se tenir au rôle pour lequel il est fait. « Bien dans sa peau » et « bien dans sa tête », comme on dit, il satisfait pleinement la tendance fondamentale de l'*oikéiôsis*. Mais cette jouissance n'a rien d'égoïste puisqu'il se tient aussi à sa place et s'accorde, ce faisant, avec le reste du monde.

COSMOPOLITISME

Au sens ordinaire, le cosmopolitisme désigne le brassage ethnique et culturel et le mélange de caractères nationaux qu'on observe dans la population de certains pays ou de certaines grandes villes. C'est aussi l'aptitude de certains individus à vivre d'un pays à l'autre et à s'adapter à la variété des modes de vie locaux. Mais, étymologiquement, le mot a un sens plus fort, puisqu'il qualifie le mouvement qui revendique pour les hommes le titre de « citoyens du monde ». Après le choc des nationalismes qui a ensanglanté le monde dans la première moitié du vingtième siècle et avec la mondialisation des échanges qui s'est poursuivie pendant la seconde moitié, un sentiment d'appartenance à une même communauté planétaire devait se développer parmi nos contemporains. Il a conduit un certain Garry Davis à fonder en 1949 un « Mouvement des citoyens du monde » pour traduire la prise de conscience nouvelle et populariser la notion. Mais, en dépit de ses accents modernes, celle-ci est très ancienne puisqu'elle remonte à l'Antiquité et à la philosophie stoïcienne en particulier. Si la conscience politique en effet ne peut plus rester confinée aujourd'hui dans le cadre étroit des États-nations, elle a dû s'émanciper depuis fort longtemps des limites de la cité grecque où elle avait vu le jour. Cela se fit dans la douleur avec les profonds bouleversements qui accompagnèrent la naissance des Empires d'Alexandre, puis de Rome (*cf.* Contexte historique, pp. 48-51). Les cyniques comme les stoïciens témoignent chacun à leur manière de cette mutation : les premiers, négativement, en prenant acte de la dissolution de tous les liens traditionnels et en revendiquant, au nom de la liberté de l'individu, le détachement de tout lieu, de tout foyer, de toute patrie ; les seconds, positivement, en concevant au contraire de nouvelles solidarités, plus amples et généreuses. Alors que, pour Cratès le Cynique, se dire « citoyen du monde », c'était se dire de nulle part et revendiquer en conséquence l'errance et la marginalité, son disciple Zénon donne un tour positif à la formule et les stoïciens enseignent à sa suite que tout homme, citoyen du monde, est membre d'une communauté universelle qui englobe non seulement tous les autres hommes, sans distinction de race ou de pays, mais aussi tous les vivants et les dieux eux-mêmes. « Socrate, quand on lui demandait de quel pays il était, ne disait jamais qu'il était d'Athènes ou de Corinthe, prétend Épictète, mais qu'il était du monde. Pourquoi dire en effet que tu es d'Athènes et non pas plutôt de ce petit coin de la ville où ton pauvre corps a été jeté à ta naissance ? N'est-il pas clair que ton nom d'Athénien ou de Corinthien, tu le tires d'un lieu plus vaste ? [...] Celui donc qui prend conscience du gouvernement du monde, qui sait que la plus grande, la plus importante, la plus vaste de toutes les familles, est l'ensemble des hommes et de Dieu, que Dieu a jeté ses semences non seulement dans mon père et mon aïeul, mais dans tout ce qui est engendré et croît sur la terre et principalement dans les êtres raisonnables [...], pourquoi un tel homme ne dirait-il pas : je suis du monde, je suis fils de Dieu ? » (*Entretiens*, I, IX).

La grandiloquence même du propos porte le souffle de l'idéal nouveau, mais elle révèle aussi ses limites : l'appartenance à la cité universelle reste en effet bien théorique (voire métaphorique) ; elle n'a pas encore, à ce stade de l'Histoire, les moyens ni même l'idée de se traduire politiquement, dans des comportements et des institutions. C'est le sens du reproche de vacuité que Hegel adresse au stoïcisme antique (*cf.* Thèmes et problématiques, pp. 95-96), et c'est sans doute aussi en quoi la reprise moderne du thème de la citoyenneté mondiale peut dépasser le simple idéal ou la pure prise de conscience, en cherchant à les réaliser concrètement.

COSMOS

Les Grecs ne conçoivent pas une création du monde, au sens d'un passage du néant à l'être. Pour eux, le monde est éternel (même s'il s'agit pour les stoïciens d'un éternel retour, fait de destructions et de renaissances périodiques), et la divinité l'a seulement fait passer du désordre à l'ordre ; de Chaos qu'il était primitivement, elle l'a transformé en Cosmos. Ce dernier mot désigne donc l'univers en tant que totalité organisée et harmonieuse. Mais, chez Platon, l'univers matériel ne fait que « participer » (avec ce que ce terme implique de relativité et de dégradation) à la perfection du monde supérieur des Idées ; et Aristote ne retrouve pas, dans les mouvements du « monde sublunaire » qui se contrarient mutuellement, la régularité et la beauté mathématique du « monde supralunaire ». Les stoïciens au contraire divinisent le cosmos et en font un modèle d'adaptation et de cohérence. La sagesse et la rationalité qui animent le monde se manifestent pour eux de trois manières au moins. D'abord, ce monde est autonome : il n'est pas gouverné de l'extérieur par une puissance souveraine, il ne reçoit pas non plus l'impulsion d'un Premier Moteur qui lui serait transcendant (comme chez Aristote) ; les dieux ne sont rien d'autre que les forces internes qui animent le monde et qui en font un immense organisme vivant, autosuffisant et autorégulé. Ensuite, chaque chose, chaque être, chaque événement qui entre dans la composition de l'univers a un but, une finalité ; rien n'existe ou n'arrive par hasard, tout a une raison d'être. La causalité n'est donc ni aveugle ni accidentelle ni contingente, mais intentionnelle et intelligente. Enfin, toutes les séries causales sont reliées entre elles de manière cohérente et convergente pour donner un tableau d'ensemble parfaitement harmonieux dans sa diversité. Les stoïciens emploient plusieurs mots qui insistent tous sur ce caractère « ensembliste » (*sun*, ensemble) : *sumpnoia*, conspiration ; *suntonia*, consonance ; *sumphônia*, symphonie ; *sumphuas*, connaturalité ; et surtout *sumpathéia*, sympathie, sensibilité commune. Dans ce monde vivant, « toutes les choses sont unies les unes aux autres, [...] les choses de la terre sont en sympathie avec celles du ciel » (*Entretiens*, I, XIV) ; le même souffle divin les anime, les accorde et les règle les unes sur les autres.

« Alors qu'une ville ou une maison ne pourrait subsister, si peu que ce soit, sans un gouverneur ou un intendant, comment une organisation si grande et si belle serait-elle régie avec un ordre si parfait au hasard et par accident ? Il faut donc bien qu'il y ait un être qui la gouverne » (*Entretiens*, II, XIV, 26). Cette exclamation d'Épictète évoque celle de Voltaire : « L'univers m'embarrasse, et je ne puis songer que cette horloge existe et n'ait point d'horloger »

(Cabales)... à cette réserve près que le cosmos des stoïciens n'est pas une horloge ou une mécanique, mais un organisme vivant. En conséquence, il n'a pas besoin d'un artisan ou d'un ouvrier extérieur, mais bien d'une âme comme principe interne de vie. Si donc Épictète parle souvent de Providence – ce qui laisserait entendre que la divinité gouverne le monde et veille sur lui comme « un maître de maison qui ordonne chaque détail » (*Entretiens*, III, XXII, 4) –, il ne faut pas s'y tromper. La puissance divine ne régit pas l'univers de loin et du dehors, comme on le conçoit dans le christianisme où Dieu transcende le monde qu'il a créé. Elle est la raison interne de ce monde, qui agence et arrange ses parties du dedans, et ordonne le cosmos sans avoir à lui commander.

CYNIQUES

Disciples d'Antisthène (v. 445-365 av. J.-C.), les cyniques doivent leur nom à la place et au gymnase *Kunosarges* ou *Chien agile*, où ils se réunissaient à Athènes. Mais le sobriquet leur a sans doute été conservé surtout à cause de leur refus des conventions sociales et du style agressif et provocateur de leur enseignement, qui les conduisent à vivre sans pudeur et à aboyer *comme des chiens*. Apparus dans la postérité socratique, nombreuse et diverse, ils perpétuent le style du philosophe en haillons, qui va sur les routes, de ville en ville, vêtu du *tribone* (tunique courte) et armé de la besace et du bâton. Ils prêchent d'exemple plus qu'ils n'enseignent, au sens classique, comme en témoignent les anecdotes qu'on a retenues sur le plus célèbre d'entre eux, Diogène de Sinope (v. 413-327 av. J.-C.). Aux passants qui lui demandent ce qu'il fait dans les rues d'Athènes en plein midi, une lanterne allumée à la main, il rétorque qu'il cherche un homme... entendons : un homme digne de ce nom. Il reproche en effet aux Grecs l'amollissement de leurs mœurs, et il les provoque à revenir à la nature et à la vie sauvage : voyant un enfant qui boit dans ses mains, il brise son écuelle sur-le-champ et décide de ne plus jamais boire autrement ; en quête d'une habitation, il trouve finalement refuge dans un tonneau ou une jarre parce que, dit-il, la vue d'un escargot lui a servi de leçon. Sans besoins et capable de se suffire à lui-même, *le roi*, comme on dit, *n'est pas son cousin*... À Alexandre, le maître du monde, qui le rencontre à Corinthe et lui demande ce qu'il peut faire pour lui, il aurait seulement répondu : « Que tu t'ôtes de mon soleil ! »

Historiquement, les cyniques sont les vivants témoins de l'effondrement des cités grecques et de la dissolution du lien social. Ce sont des individualistes, qui n'ont d'autre souci que de sculpter leur vie et leur image dans la provocation, et qui revendiquent leur solitude et leur marginalité, loin de toute expression de la vie publique. Ils vont de ville en ville et vivent dans les cités, mais en nomades et en clochards qui récusent toute appartenance politique. Ils rejettent même en bloc la civilisation et tous les artifices de la culture, n'hésitant pas, semble-t-il, à prôner les formes extrêmes du retour à la nature et à la bestialité, comme de manger de la viande crue ou de pratiquer l'inceste et le cannibalisme... S'il leur faut jurer le nom d'un dieu, c'est à coup sûr Héraclès, incarnation de la force brute et de tous les appétits de vivre, et non Prométhée, le héros civilisateur, dispensateur du feu et des techniques... n'en déplaise à Platon qui voyait en Diogène « un Socrate devenu fou » ! Mais (comme Héraclès lui-même, qui pèche par démesure puis expie par le travail) le cynisme est un mouvement ambigu ; il préconise le laisser-aller le plus débridé, l'humeur gaillarde et paillarde, mais aussi le contrôle de soi et l'ascétisme. Ainsi, au cours des siècles, il alimentera aussi bien les traditions picaresque ou libertine que le monachisme ou l'austérité stoïcienne. Car le stoïcisme est né du cynisme, son fondateur Zénon de Cittium ayant été disciple de Cratès le Cynique. Il en marque, en quelque sorte, l'aboutissement et prolonge jusqu'à l'ascèse sa pratique de la vertu. Car, pour les stoïciens comme pour les cyniques, la philosophie consiste avant tout, sinon exclusivement, en une pratique morale : sous couvert d'autarcie pour les uns, d'autonomie pour les autres, elle donne à chacun, en priorité, le souci de soi-même ; elle s'enseigne en plein air, par l'exemple et l'interpellation directe (ou *diatribe*), plus que dans les théories et les exercices d'école ; et son principal message est qu'il faut toujours en revenir à la nature, même si celle-ci parle aux stoïciens le langage de la raison plus qu'elle ne pousse désormais des cris sauvages. Épictète en particulier, l'ancien esclave exilé et déclassé, restera toute sa vie fidèle au style de vie et de parole des adeptes du « chien ».

DESTIN

Cf. Logos.

DEVOIR

Dans son acception actuelle, le devoir s'oppose souvent aux tendances spontanées de notre nature : *je dois*, par exemple, *faire mon service militaire ou pardonner une offense, mais je n'en ai pas envie*. Le devoir alors a le sens d'une prescription extérieure (sociale ou divine), et même quand celle-ci est reprise et assumée par ma raison, c'est toujours au prix d'une lutte intérieure contre des pulsions ou une inertie naturelles. Rien de tel dans la morale des anciens Grecs en général, ni dans le devoir des stoïciens en particulier. Déjà le mot, *kathèkon*, désigne ce qui convient à un être plus que ce qui le contraint ; il n'a pas la moindre connotation de prix ou de dette à payer (*je dois mille francs*). Remplir son devoir ou son office (*officium*, traduisent les Latins), c'est faire ce qui *découle* de sa nature (*kathèkô*, c'est d'abord *descendre*) ; c'est, disait Zénon dans un raccourci, « vivre conformément » ou en accord : « avec la nature » compléta Cléanthe, entendant d'abord par là avec sa nature ou avec soi-même. Ainsi, dans cette morale directement greffée sur les tendances naturelles, le premier devoir d'un vivant est-il de se conserver dans l'être qui lui a été donné par la nature... ce qui implique pour l'homme la condamnation du suicide (*cf.* Thèmes et problématiques, p. 79). Les autres devoirs découlent de la constitution propre à chaque être et du rôle auquel celle-ci le destine. Comme il convient à la vigne de donner du raisin (*Entretiens*, II, XX, 18), au lion de chasser ou au taureau de protéger son troupeau (*ibid.*, I, II, 30), il convient à l'athlète de se plier à un entraînement rigoureux (*Manuel*, XXIX, 2), au philosophe de renoncer aux biens matériels (*ibid.*, 6), à celui qui a une famille d'honorer les liens naturels qui l'unissent à ses proches (*Manuel*, XXX), etc. Divers et relatifs, les devoirs expriment donc la nature de chaque être et ne font que prolonger ses inclinations naturelles.

On s'étonnera sans doute d'une morale ainsi rabattue sur le plan de la nature et qui semble avoir perdu toute dimension de transcendance ou de dépassement. Qu'est-ce qu'un devoir-être qui ne fait que continuer ce qui est, au lieu de le surmonter ? En fait, il y a deux manières d'accomplir son devoir. La première consiste seulement à faire ce qui convient en se laissant porter par le mouvement de la nature et un jugement raisonnable. Elle correspond à une « morale moyenne », qui peut se formuler en un code de règles et qui convient à l'homme ordinaire. Elle fut surtout développée par les représentants du stoïcisme dit justement « moyen », et elle semble parfois incliner vers un certain opportunisme (par exemple en admettant le suicide dans certains cas). Mais le sage ne peut se contenter de remplir ainsi son office. Il s'est élevé à la compréhension de l'ordre du monde et, conscient que sa vie participe à l'harmonie universelle, c'est au nom de cette harmonie supérieure qu'il agit, bien plus que par intérêt pour les résultats tangibles de son action. D'où sa relative indifférence au « succès » de son entreprise, pourvu que l'« esprit » en soit bon (*cf.* Thèmes et problématiques, p. 83, distinction du *skopos* et du *télos*). C'est à ce niveau seulement que le devoir prend vraiment une dimension morale et que l'action peut être dite « bonne » ou « droite » (dans le vocabulaire stoïcien, le *convenable, kathèkon*, devient *action droite, katorthôma*). Cicéron donne un exemple qui semble préfigurer la distinction kantienne de l'action conforme au devoir et de l'action faite par devoir : rendre quelque chose qu'on nous a confié est « convenable » ; le faire « par justice » est une « action droite » (*Des fins des biens et des maux*, III, XVIII, 59).

ÉPICURIENS

Du IIIe siècle av. J.-C. aux débuts de l'ère chrétienne, l'épicurisme connaît un développement parallèle à celui du stoïcisme et, après s'être diffusé dans le monde hellénistique avec Épicure lui-même (341-270 av. J.-C.), puis ses disciples Hermarque, Métrodore et Polystrate, il s'implante à Rome avec Lucrèce (98-55 av. J.-C.). Les deux écoles portent témoignage des troubles politiques du temps et cherchent l'une et l'autre à repenser la place de l'homme dans le monde et à lui enseigner le moyen d'être heureux envers et contre tout. Leur enseignement traditionnel s'articule symétriquement en trois parties : la physique, qui vise à expliquer la nature ; la logique (pour les stoïciens) ou la canonique (pour les épicuriens) qui recherche les critères de la vérité ; la morale, qui trace la voie du bonheur et de la sérénité. C'est dire qu'à occuper les mêmes « créneaux » (comme on dit aujourd'hui), les deux doctrines sont en concurrence directe et que, souvent, leurs représentants se traitent mutuellement en adversaires.

Même si, chez les uns et les autres, la question éthique vient au premier plan du fait des circonstances historiques (*cf.* L'auteur et le contexte, pp. 48-51), la physique n'en est pas pour autant occultée dans l'épicurisme comme elle finit par l'être dans le stoïcisme impérial. Héritière de l'atomisme de Leucippe (v. 460-370 av. J.-C.) et de Démocrite (v. 460-370 av. J.-C.), elle enseigne que tout est composé de minuscules éléments matériels ou atomes, les corps comme les âmes. Les *atomes* s'assemblent ou se séparent au hasard, au gré de combinaisons ou de dispersions aveugles, et la mort ne fait que remettre en circulation ceux que la naissance avait temporairement associés. Cette explication réductrice et mécaniste a l'avantage de dépouiller la mort de ses masques effrayants et d'en faire un phénomène banal et neutre. Mais les stoïciens jugent qu'elle va trop loin : du même coup, en effet, elle dépouille le monde dans son ensemble de la beauté et de la rationalité auxquelles ces philosophes sont si sensibles, et elle le laisse totalement dépourvu de sens. Une telle mise à plat ne peut donc que leur répugner ; et ils reprocheront toujours à leurs adversaires de substituer le Hasard au *logos*, et une causalité purement mécanique au finalisme.

Un différend assez semblable les oppose à propos de la théorie de la connaissance : contrairement à la logique stoïcienne qui insiste sur l'activité de l'âme dans les représentations et leur enchaînement, la canonique épicurienne voit dans la passivité de l'âme le premier critère de la vérité. Elle s'attache à montrer comment les différentes sortes d'évidences s'imposent à nous, et particulièrement comment, dans la sensation, ce sont les corps extérieurs eux-mêmes qui viennent imprimer des copies atomiques d'eux-mêmes, ou *simulacres*, dans les âmes.

Comment expliquer ces différends entre deux courants qui ne s'opposent le plus souvent que pour être en même temps si proches l'un de l'autre, à la manière de frères ennemis ? Le matérialisme moniste qu'ils ont en commun (c'est-à-dire cette croyance qu'il n'y a de réalité que matérielle, aussi bien pour les corps que pour les âmes ou les dieux) les conduit à insérer l'homme dans le monde : mais le stoïcisme plutôt comme spectateur (en même temps qu'acteur), et l'épicurisme comme agent ou patient. Le premier privilégie en conséquence la liberté, la distanciation, la vue d'ensemble ; le second, le déterminisme, l'appartenance et les relations entre parties. Cela se retrouve encore et surtout dans la morale. Stoïciens et épicuriens ont le même idéal, le bonheur, ou plutôt ce qu'ils appellent du même mot, l'*ataraxie*. Mais celle-ci est fondée pour ces derniers sur le plaisir, sur l'accumulation des plaisirs et leur répétition, fût-ce sous forme anticipée ou remémorée. Sans doute s'agit-il plus de jouir du bien-être et de l'apaisement qui suivent la satisfaction que de l'excitation qui l'accompagne... ce qui est très loin de la jouissance vulgaire et effrénée que la caricature attribue aux « pourceaux d'Épicure ». Mais les stoïciens ne voient pas comment on pourrait atteindre l'état de plénitude, d'identité et de stabilité (autrement dit de totalité) qu'est le bonheur à travers l'énumération de plaisirs toujours partiels et discontinus. C'est toujours le même malentendu... Le plaisir (comme la douleur) résulte de l'action des êtres ou des choses les uns sur les autres, dans ce monde de rencontres qu'est le monde aléatoire des épicuriens. Le bonheur stoïcien se voudrait au contraire contemplation de l'ordre cosmique, ou du moins (dans la mesure où la prétention d'embrasser le tout est sans doute démesurée de la part d'un être qui n'en est quand même qu'une partie) sérénité du regard : ce qui implique, dans un cas comme dans l'autre, la continuité du *Logos*, hors de nous et en nous. C'est la même Raison qui se projette dans le monde et qui parle en l'homme.

IMMANENT/TRANSCENDANT

Immanent (ce qui demeure ou réside dans) s'oppose à *transcendant* (ce qui monte au-delà ou surpasse). L'immanence désigne ce qui, dans un être ou une chose, relève d'un principe ou d'une causalité interne et non pas d'une instance extérieure. La transcendance au contraire renvoie à une réalité d'un ordre supérieur, qui dépasse le plan où nous nous situons et en est radicalement séparée. Appliqués à la divinité, ces termes signifient ou bien que celle-ci est présente dans notre monde, immergée (immanente) en quelque sorte en lui, ou bien qu'elle appartient à un autre monde, un au-delà inaccessible aussi bien à notre expérience qu'à notre pensée. Les stoïciens considèrent que les dieux font partie de la nature, qu'ils se fondent et agissent en elle de l'intérieur. Ils sont panthéistes, car ils affirment que la divinité est en tout, comme tout est dans le divin. Le judéo-christianisme pose au contraire l'existence de Dieu comme extérieure et supérieure au monde qu'il a créé.

INCORPORELS

Les stoïciens sont matérialistes dans la mesure où il n'y a pour eux de réalité que matérielle – ou plus exactement corporelle, puisque la matière elle-même, qui est en soi indéterminée, ne se trouve concrètement que dans des corps où elle prend forme sensible et individualisée. Il n'y a donc d'autre existence que celle des corps, et les âmes ou les dieux sont eux aussi d'essence corporelle ou matérielle puisque faits de feu. Cependant, il y a aussi des êtres incorporels comme le vide, le lieu ou le temps. Ils n'ont pas de réalité ou d'existence véritable, mais ce ne sont pas non plus de simples êtres de pensée. Ils sont comme les milieux indéfinis où les corps peuvent prendre place, et ils reçoivent du même coup de ceux-ci une certaine incorporation, donc une certaine forme d'existence. Ainsi le vide, c'est l'espace considéré comme simple substrat virtuel pour tout corps étendu ; il devient lieu, distinct et délimité, quand un corps vient effectivement l'occuper, et donc il ne peut se trouver qu'en dehors du monde. De même le temps n'est qu'un vague contenant sans contenu, qui ne se détermine un tant soit peu qu'en devenant intervalle effectif pour un mouvement qui se déploie en lui. Par exemple, le présent n'existe qu'en fonction et à la mesure de l'effort d'attention et de volonté qui se tend en lui (*cf.* Thèmes et problématiques, p. 60). En tant qu'incorporels, l'espace et le temps n'ont quasiment pas de réalité, et ils ne viennent à l'existence qu'au contact des corps dont ils reçoivent donc comme une existence dérivée.

LOGOS

Reconnu par les Grecs comme le propre de l'homme, le *logos* est à la fois la parole et la raison. Plus précisément, il désigne ce pouvoir qu'a le langage bien conduit de rendre raison de ce qu'il énonce. Conduit selon les règles logiques, il déroule ses évidences et permet de déchiffrer la nature des choses ; il s'oppose alors au mythe, ou *muthos*, et au délire de l'imagination. Conduit selon les règles de l'échange ou du dialogue, il produit la persuasion et permet d'établir des consensus ; il s'oppose alors à l'opinion, ou *doxa*, et à son cortège de violences. Des présocratiques à Platon et Aristote, le *logos* appartient à l'homme (qui est celui qui dit les choses) même si, au-delà de son usage social et politique, il a le pouvoir de dire l'Être. L'originalité des stoïciens est de l'ériger au-dessus des hommes en puissance autonome et universelle qui se confond avec la divinité et la nature.

Il s'agit toujours d'un « dire », mais qui n'est plus proféré ni même toujours compris par les hommes. C'est le verbe ou décret divin qui fixe l'ordre des choses et des événements et que les Romains rendront par *Fatum* (du latin *fari*, lui-même dérivé du grec *phèmi* : dire). Le mot désigne donc le Destin, mais celui-ci n'a ici rien d'aveugle ou d'arbitraire ; il est rationnel, au contraire, et se confond avec la Providence. Dans le langage du mythe (chez Hésiode par exemple), les Grecs évoquaient en ce sens la *Dikè* ou Justice, qui indique, pour les choses du monde, la marche à suivre. Mais, dans le langage de la philosophie, parmi tous les mots qui renvoient au destin, ils n'ont pas d'équivalent : *anagkè* désigne la contrainte et la nécessité naturelle ; *tuchè*, la chance et le hasard ; *eimarménè* et *moïra*, ce qui échoit en partage à chaque être ou réalité (*cf.* note 2, p. 75).

Rien qui dise l'ordre général du monde et sa rationalité. C'est pourquoi les stoïciens détournent le mot *logos* de son emploi antérieur (scientifique et politique) pour en faire le nom propre et quasi personnel (ou personnifié) de la Raison immanente et divine qui est inscrite dans l'ordre du monde et qui gouverne le *Cosmos*. Parce que celui-ci est un immense corps vivant, le *Logos* est l'Âme du Monde ou la Semence *(Logos spermatikos)* qui germe et se développe au cours du Devenir. C'est en héritier de ce vaste et profond remaniement du langage et de la pensée qu'Épictète parle ainsi de « l'ordre établi par Zeus, qui l'a fixé et établi, assisté par les Moires qui filent l'existence [de chaque être] » (*Entretiens*, I, XII, § 25). La voie est ouverte, d'une certaine manière, vers la conception chrétienne du « Verbe de Dieu » (la deuxième personne de la Trinité), à travers lequel le Créateur a ordonné le monde.

OIKEIÔSIS

Littéralement *appropriation*, l'*oikéiôsis* désigne ce rapport primitif à soi-même qu'on trouve au fond de tout être vivant et dont nos biologistes actuels font la clé du système immunitaire, par sa capacité à reconnaître le « soi » du « non-soi ». « Ce qui est primitivement propre à tout être vivant, c'est sa propre constitution et la conscience qu'il en a ; car il n'est pas vraisemblable que la nature rende l'être vivant étranger à lui-même, ni qu'elle l'ait créé en l'aliénant ou en négligeant de l'adapter à lui-même ; reste donc que, l'ayant constitué, elle le rende proche de lui-même ; et c'est ainsi qu'il repousse les choses qui lui nuisent et admet celles qui lui sont propres » (Chrysippe, cité in Diogène Laërce, *Vies et opinions des philosophes*, VII). Cet attachement naturel à soi-même commande les attractions et les répulsions les plus fondamentales de l'être vivant et, partant, ses premiers rapports aux choses extérieures dans l'échange qu'entretient l'organisme avec son milieu. Elle conduit donc à inverser l'ordre qu'on établit d'ordinaire entre le dedans et le dehors, entre le désir et son objet : le désir ne se porte pas vers ce qui est bon, mais il ressent comme bon ce vers quoi il se porte. Simple fonction végétative dans les plantes, l'*oikéiôsis* s'accompagne chez les animaux d'inclination (ou mouvement vers les choses) et de sensation (plaisir, déplaisir), puis de raison chez l'homme. À chacun de ces niveaux, elle oriente les êtres conformément à leur nature et elle traduit donc leur autonomie. Limitée sur le plan biologique aux mécanismes de reconnaissance du « soi » et de défense immunitaire, puis à l'instinct de conservation, elle se manifeste sur le plan psychologique dans l'amour et le souci de soi ; sur le plan moral, elle oriente la volonté vers le bien (fondement de l'intellectualisme moral d'Épictète ; *cf.* Thèmes et problématiques, p. 89), et, sur le plan intellectuel, elle suscite l'amour de la vérité et le rejet de l'erreur et du faux, car ceux-ci sont inscrits dans la nature de l'être raisonnable comme son bien.

PRÉNOTIONS

Aucune quête ne peut s'engager dans le total inconnu : pour chercher ou viser quelque chose, il faut déjà avoir quelque idée de ce qu'on cherche ou de ce qu'on vise. Platon parlait en ce sens de « réminiscence ». Descartes évoquera des « idées innées » qui sont comme les « semences des vérités » qui nous restent à découvrir. Kant posera le statut de l'*a priori*. C'est le paradoxe en effet de toute recherche : avoir et n'avoir pas, dans le même temps, ce qu'on recherche. La quête morale ne fait pas exception.

C'est pourquoi les stoïciens postulent, à la base de la morale, une connaissance intuitive et encore vague du bien et du mal, qui va inspirer et orienter les choix de notre conduite et la détermination des valeurs vers lesquelles elle tend. Ce sont les « prénotions » *(prolèpsis, prolèpseis)* qu'Épictète définit comme des « notions naturelles », avec lesquelles nous venons au monde, et comme des notions universelles ou « communes à tous les hommes ». Elles disent « le bien et le mal, le convenable et son contraire, le bonheur et le malheur, l'utile et le nuisible, ce qu'il faut faire et ne pas faire » (*Entretiens*, II, XI, § 3). Mais elles ont la généralité et la fausse évidence des mots de la langue, et, de même que l'art du langage consiste à employer les termes à bon escient, de même toute la difficulté de la morale consiste à « appliquer les prénotions communes aux cas particuliers » (*cf.* Thèmes et problématiques, p. 67). Suffit-il en effet de savoir le sens des mots « santé », « justice », « utilité » ou « beauté » pour savoir, en toutes circonstances, ce qui est sain, juste, utile ou beau ? Évidemment pas, et on peut même dire que la notion générale ne se détermine que de ce qu'elle emprunte aux cas particuliers. Et pourtant la détermination du cas particulier suppose aussi la règle générale. C'est même le flottement de celle-ci autour de celui-là qui révèle l'insuffisance de tout état de fait et qui oblige à le dépasser vers un horizon idéal, dans une tension du fait au droit où réside toute l'essence de la morale. La connaissance du bien et du mal est donc appelée ainsi à se précéder elle-même, le but visé étant aussi au principe de la visée. Le mot grec (*prolèpsis* signifiant littéralement l'action de prendre d'avance) ne dit rien d'autre que cette anticipation de l'idéal où le terme est toujours déjà là par avance.

Paradoxe et mystère de l'origine qui brouillent toute distinction de l'avant et de l'après à quoi se marquent les commencements dans le temps... Les prénotions sont-elles en nous à la naissance ou sont-elles postérieures ? Sont-elles innées ? Sont-elles acquises ? Épictète ne semble pas trancher, et tantôt il dit que nous arrivons sur terre avec elles, tantôt il laisse entendre qu'elles se forment pendant l'enfance sur la base des expériences sensibles. En vérité, cela importe peu puisque ce qui compte, c'est de souligner le prérequis qui fait que les hommes peuvent être requis par l'exigence morale et que celle-ci ne saurait se réduire ni à un artifice ni à des conventions sociales.

PROHAIRÉSIS

Au sens premier, la *prohairésis*, c'est le choix *(hairésis)* fait d'avance *(pro)*, le choix préalable ou originel, celui qui précède ou commande tous les choix de détail que nous ferons par la suite. Elle désigne donc l'orientation fondamentale de la pensée et de l'action, et, si le mot peut être traduit généralement par volonté, c'est au sens où le philosophe contemporain Maurice Blondel parlera d'une « volonté voulante » à propos de l'aspiration fondamentale de chaque être humain, qui précède et nourrit les « volontés voulues », tournées, elles, vers des buts ou des objets toujours partiels et provisoires. Pour Épictète, ce choix originel est dicté à chacun par sa nature et il lui fixe le rôle qui doit être le sien dans la vie. Il ne s'agit pas d'une fatalité, puisque cela relève d'un principe interne et naturel (ou spontané), et il ne s'agit pas non plus d'une adhésion forcée, puisque c'est bel et bien un choix, assumé en toute liberté. En fait Épictète emploie ce mot pour désigner l'âme ou l'être spirituel de l'homme, et on a pu proposer de le traduire par personne morale, tant il est vrai que c'est tout l'être humain, dans son identité propre, qui se trouve ainsi comme rassemblé à la source de ses pensées et de ses choix. Mais si cette dernière distinction (entre cogitations et volitions, entre le plan de la connaissance et celui de l'action) n'a pas grand sens dans une doctrine où la pensée est active et où la seule forme d'action qui soit en notre pouvoir est le bon usage des représentations, il faut bien voir cependant qu'en retenant ce terme pour désigner notre âme, Épictète est plus sensible aux capacités mobilisatrices de celle-ci qu'à ses qualités intellectuelles. L'âme est le siège de la volonté plus que de la pensée, et, si elle est aussi *logos* ou raison, la raison pratique l'emporte en elle sur la raison pure ou théorique. Ce qui montre à nouveau la primauté de la morale.

REPRÉSENTATIONS

La capacité de former des représentations appartient en propre à un être conscient, qui se représente ou reproduit en lui-même, sur la scène intérieure de sa conscience, ce qui se présente à lui au-dehors. En ce sens, elle est commune aux animaux et aux hommes, ces derniers ne se distinguant que par l'usage « réfléchi » des représentations, c'est-à-dire par une conscience au second degré (ou conscience d'être conscient). « Si les animaux ont au plus haut degré l'usage de leurs représentations, ils ne possèdent pas la conscience réfléchie de l'usage qu'ils en font » (*Entretiens*, II, VIII, § 6). L'animal donc, comme l'homme, intériorise et sait, par exemple, le danger ou la présence d'un congénère ; mais l'homme, lui, sait qu'il le sait. De là le pouvoir qui lui appartient en propre de tenir à distance ses représentations, de manière à n'être ni dominé ni entraîné par elles. En elle-même en effet, la représentation est une image *(phantasia)* de la chose extérieure qui s'imprime en notre âme et réduit du coup celle-ci à une relative passivité ; on n'a pas le choix de se représenter ou non ce qui est (*cf.* Thèmes et problématiques, p. 89). Ce faisant, elle ébranle l'imagination, qui est en nous la faculté de former des images, au point que cet ébranlement, se propageant, risque d'envahir et de perturber l'âme tout entière. Heureusement, la nature a disposé en notre âme une faculté d'enraiement, qui n'est autre que la liberté ou la volonté ! Face à une représentation, nous pouvons toujours donner, refuser ou suspendre notre « assentiment ». Voilà l'usage proprement humain des représentations. « En t'opposant ainsi à ton imagination, tu la vaincras et tu ne seras pas emporté par elle. Mais, d'abord, ne te laisse pas prendre par sa vivacité ; dis : *Attends un peu, image ; laisse-moi voir qui tu es, ce dont tu es l'image ; laisse-moi t'éprouver*. D'ailleurs ne lui permets pas de se développer, de représenter toutes ses conséquences ; sinon, elle va en t'emportant où elle veut. » (*Entretiens*, II, XVIII, § 23-25).

Sans doute est-il difficile de refuser son assentiment à une représentation vraie, ou plutôt (parce qu'elle ne sera « vraie » justement qu'après qu'on lui aura donné l'assentiment qui en fait une connaissance à part entière) à celle que les stoïciens appellent « représentation compréhensive » pour dire qu'elle est évidente et qu'on sent immédiatement en elle la présence de l'objet qu'elle représente. Autant vouloir empêcher une balance de pencher quand on pose des poids sur un plateau, dit Épictète. Et pourtant, si on ne maintient pas la distinction (si théorique et artificielle qu'elle paraisse parfois !) entre la représentation contraignante et l'assentiment libre, entre la représentation elle-même et son « bon usage », c'en est fini de ce pouvoir providentiel reconnu aux hommes pour qu'ils puissent jouir du spectacle du monde tout en y jouant un rôle qu'ils n'ont pas choisi. Épictète y insiste, dans un fragment cité par Aulu-Gelle (XIX, I, §§ 15-16) : « Les représentations qui frappent la pensée de l'homme, dès que l'image d'une chose a accès à l'âme, ne sont pas soumises à notre volonté ni à notre pouvoir, mais elles s'imposent à l'attention des hommes par l'effet d'une force qui leur est propre. En revanche les assentiments, grâce auxquels les mêmes représentations sont admises, sont volontaires et au pouvoir des hommes. »

SYMPATHIE UNIVERSELLE

Cf. Cosmos.

VERTU

Pour les Grecs, la vertu, ou *arétè*, c'est l'excellence. Idéal de vie et de sagesse, elle consiste à porter au plus haut point de développement les qualités et capacités, tant physiques que morales, que chacun porte en soi. Elle participe de cet idéal du *kalos kagathos* (*kalos kaï agathos* : beau et bon) que, par les exercices du corps et de l'esprit, l'éducation traditionnelle visait à former et à promouvoir en tout être humain. Il s'agit en effet d'épanouir la nature de celui-ci plus que de la contraindre... et surtout pas de la contrarier. Même dans une doctrine ascétique comme le stoïcisme, il n'y a en effet aucun divorce de l'âme et du corps, aucune lutte intérieure de l'une contre l'autre. Il faut plutôt penser la complexité de l'Être par emboîtement que par opposition, et, entre les différents plans du réel ou entre les « étages de l'homme », comme disait Platon (ventre, cœur et tête), il faut chercher à réaliser la synthèse, au plan supérieur, des tendances qui se manifestaient déjà aux plans inférieurs. La vertu n'est ni renoncement ni refoulement. Elle assume tout, au contraire, et elle vise seulement à harmoniser ce qui peut être désaccordé et à reprendre, par un effort de volonté, des liens devenus un peu trop lâches (*cf.* Thèmes et problématiques, pp. 88-89). La morale vise à parachever la nature, certainement pas à la brimer ou à la nier.

Ainsi entendue, la vertu représente le bien suprême, au double sens de faire le bien et d'être bien. Elle conjugue donc moralité et félicité, qu'après des siècles de morale chrétienne nous avons tendance à séparer si ce n'est à opposer. C'est que le sage antique ne vit pas dans le même monde que le saint chrétien : la nature n'y est pas corrompue par le péché et, en conséquence, l'intérêt propre n'y est pas suspect, la souffrance n'y a aucune valeur de rachat ou de salut. Il n'y a aucun mérite à aller contre sa nature ; c'est même là le signe d'un être stupide et mauvais, qui ne peut que se fourvoyer en faisant ainsi le mal (d'où la conviction qui sous-tend la thèse de l'intellectualisme moral selon laquelle nul n'est méchant volontairement : (*cf.* Thèmes et problématiques, p. 89). La vertu consiste au contraire à suivre sa nature et à se conformer à elle… « Suivre sa pente, pourvu que ce soit en montant », dira André Gide pour concilier le fait et le droit, le naturalisme du fondement et la transcendance morale de l'idéal.

LES TROIS GRANDES ÉPOQUES DU STOÏCISME

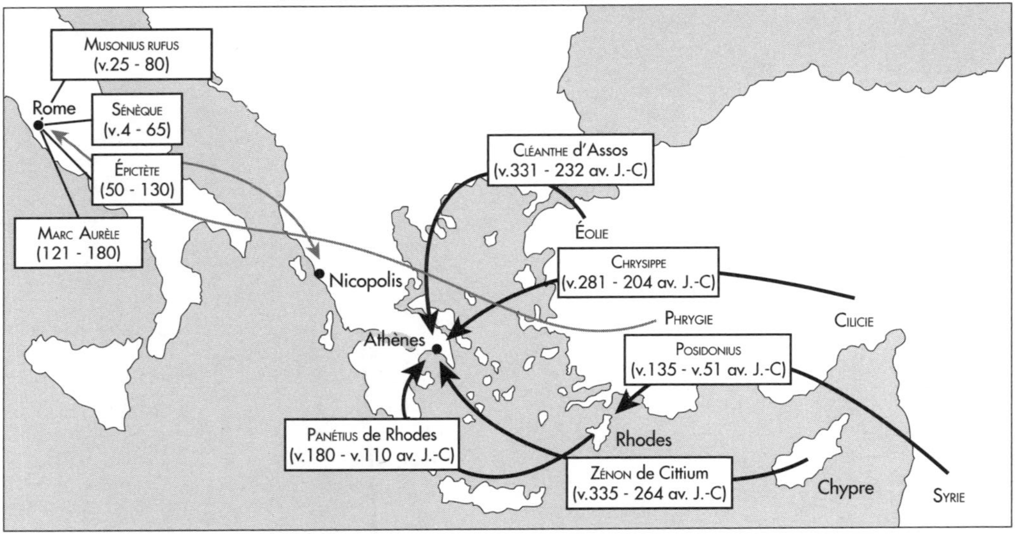

- Le STOÏCISME ANCIEN se développe à Athènes sous limpulsion de philosophes étrangers venus des confins du monde hellénique et nourris d'influences orientales : ZÉNON fonde l'école du Portique (Stoa), qui donne son nom au mouvement, en 322 av. J.-C et la dirige jusqu'à sa mort ; CLÉANTE lui succède à la tête de l'école de 264 à 232 av. J.-C et CHRYSIPPE de 232 à 204.
- Le MOYEN STOÏCISME est surtout illustré par les noms de PANÉTIUS, originaire l'île de Rhodes et scholarque de l'école d'Athènes de 129 à 110 av. J.-C. Son disciple POSIDONIUS fonde une école à Rhodes en 104 av. J.-C.
- Le STOÏCISME IMPÉRIAL reprend l'héritage grec, mais Rome en est le nouveau centre de rayonnement : ses principaux représentants sont MUSONIUS RUFUS, SÉNÈQUE, le précepteur de Néron, ÉPICTÈTE et l'empereur MARC AURÈLE.
- La flèche grise indique les pérégrinations d'Épictète, de Hiérapolis en Phrygie à Rome, puis de Rome à Nicopolis après son exil.

BIBLIOGRAPHIE

Œuvres d'Épictète

« Entretiens » in *Les Stoïciens*, coll. « Bibliothèque de la Pléiade », Gallimard, 1962.

Ouvrages sur Épictète

COLARDEAU, Thomas, *Étude sur Épictète*, Éd. Fontemoing, 1903.

GERMAIN, Gabriel, *Épictète et la spiritualité stoïcienne*, Seuil, 1964.

JAGU, Armand, *Épictète et Platon*, Vrin, 1946.

MOREAU, Joseph, *Épictète ou le secret de la liberté*, Seghers, 1964.

Ouvrages sur les stoïciens et le stoïcisme

BRÉHIER, Émile, *Chrysippe et l'ancien stoïcisme*, PUF, 1950 ; *Les Stoïciens*, coll. « Tel », Gallimard, 1997.

BRIDOU, André, *Le Stoïcisme et son influence*, Vrin, 1966.

BRUN, Jean, *Les Stoïciens, textes choisis*, PUF, 1957.

BRUNSCHWIG, Jacques, article « Stoïcismes », in *Encyclopaedia Universalis*, volume 21.

GOLDSCHMIDT, Victor, *Le Système stoïcien et l'idée du temps*, Vrin, 1953.

GOURINAT, Jean-Baptiste, *Les Stoïciens et l'âme*, PUF, 1996 ; *La Dialectique des stoïciens*, Vrin, 2000.

MOREAU, Joseph, *L'Âme du monde, de Platon aux stoïciens*, Les Belles Lettres, 1939.

RODIS-LEWIS, Geneviève, *La Morale stoïcienne*, PUF, 1970.

VIRIEUX-REYMOND, Antoinette, *Pour connaître la pensée des stoïciens*, PUF, 1976.

VOELKE, André-Jean, *L'Idée de volonté dans le stoïcisme*, PUF, 1973.

400 Aristote
Éthique à Nicomaque

401 Descartes
Discours de la méthode

402 Descartes
Méditations métaphysiques

403 Épictète
Manuel

404 Épicure
Lettre à Ménécée

405 Hegel
La Raison dans l'histoire

406 Kant
Analytique du beau

407 Kant
Fondement pour la métaphysique des mœurs

408 Kant
Qu'est-ce que les Lumières ?

409 Kant
Vers la paix perpétuelle

410 Machiavel
Le Prince

411 Nietzsche
Crépuscule des idoles

412 Platon
Apologie de Socrate

413 Platon
Gorgias

414 Platon
Hippias majeur

415 Platon
La République

416 Platon
Le Banquet

417 Rousseau
Discours sur l'origine et les fondements des inégalités parmi les hommes

418 Rousseau
Du contrat social

419 Spinoza
Traité théologico-politique

Achevé d'imprimer par L.E.G.O. S.p.A. Lavis (TN) - Italie
Dépôt légal: 95905-9/03 - octobre 2013